異世界コンシェルジュ

ねこのしっぽ亭
営業日誌

4

AMANA KOUTA
天那光太

主な登場人物
Main Characters
ヒョウカ
恭一郎が身柄を引き取った奴隷の少女。元々は村人に捨てられた雪山の土地神。
アイジャ・クルーエル
「ねこのしっぽ亭」の宿泊客。大戦期に活躍したエルフの魔法使いで、酒にめっぽう強い。
メオ
「ねこのしっぽ亭」の店長を務めるネコミミの少女。父から店を継いだ。
佐藤恭一郎
本作の主人公。あるきっかけで異世界にトリップし、大衆食堂「ねこのしっぽ亭」を手伝うことになった。

アラン
服飾屋を営む羊頭の青年。
貴族とも交流がある。
レティ
河童の亜人。建設業を営む
家の娘で、リュカの同級生。
シャロン・ロプス
リュカの同級生。
やり手の貴族のお嬢様で、
ホテルグランドシャロンのオーナー。
リュカ
都の拳闘士リュートの妹。
「ねこのしっぽ亭」を手伝いながら、
アイジャに魔法を習っている。

1　ドラゴンのいる生活

ドラゴン。この世界において、龍種と呼ばれ畏敬の念を持って接せられる、高位生命体。

巨大な体躯《たいく》と大きな翼を持ち、膨大な量の魔力を宿している。知能も高く、その存在は時として災害として扱われるほどだ。神と同格と認められる数少ない種族であり、国に守護神として迎えられた個体もいる。

天空を支配し、大地を蹂躙《じゅうりん》し、天候すら操ってみせるその能力を、過去幾度《いくど》となく時の支配者が欲したが、実際にその力を手に入れられた者はごくわずかである。

「っと、まぁ。この龍種の存在が、先の大戦での戦況に大きく影響したわけだ。そもそも龍種は、龍の谷と呼ばれる聖域に棲息していて、古来アキタリア皇国の皇族が龍種との契約を……」

教師の淡々とした説明の声を、リザードマンのリュカはあんぐりと口を開けて聞いていた。

教室の前の黒板には歴史学教師により不格好なドラゴンの絵が描かれていて、その口からは炎のような落書きが飛び出している。

「ドラゴン……」

尻尾をぶんぶんと振りながら、リュカは自分の角に触れてみた。硬くて先は尖《とが》っているが、羊のように丸く曲がっている自分の角に、リュカは不満気に唇を尖《とが》らせる。

きらきらとした瞳で、リュカは黒板に描かれたドラゴンを見つめるのだった。

◆　◆

学校の休み時間、リュカはクラスメイトのレティとシャロンに早速ドラゴンのことを聞いてみた。

「ドラゴン？　龍種のことか。うーん、うちは見たことないなぁ。シャロンならあるんやないか？」

「そうですわね。わたくしは何度かお会いしたことありますわよ。紳士的な方々ですわ」

特徴的な一つ目が、にこりと笑う。シャロンは柔和な表情を浮かべたまま、薄青い肌の手で頭の一本角をちょんと触った。

シャロンはオスーディアの貴族の中でも屈指の名門、ロプス家の令嬢だ。龍種との面会を世間話のように話す級友に、リュカは感嘆の声を漏らした。

「うわぁ、いいなぁ。リュカもドラゴンさん見てみたい」

図書室から借りた龍種の図鑑を胸に抱きながら、リュカは興奮して鼻の穴を広げた。

ふんふんと身を乗り出すリュカに、シャロンがあらあらと口元を緩める。

「リュカさんはリザードマンですものね。近しいと言えば近しいですわ」

「ほんとっ!?　ならリュカもドラゴンになれるッ？」

シャロンの言葉に、リュカが顔を輝かせた。そんなリュカの瞳を見て、シャロンとレティが顔を見合わせる。そして、我慢できずに噴き出した。

「ぷっ、あははっ！　そら無理やでリュカ。種族的に近いって言っても、別の種族なんやから」

「くふふ、だ、駄目ですわよレティ。そんなに笑っては。……ふふ」

笑う二人に、リュカがむぅと頬を膨らます。リュカとて分かってはいたが、こう面と向かって笑われると馬鹿にされたようで面白くない。

そんなリュカの心情を察してか、シャロンが涙を拭《ぬぐ》いながら説明をした。

「そもそもリュカさん、龍種とわたくしたちとでは種としての立ち位置が全く違いますわ」

「立ち位置？」

首を傾げるリュカに、シャロンがこくりと頷く。

「わたくしたち亜人や獣人と違って、龍種は完全な純血統種族です。わたくしたちと同じ言葉を話しますが、存在自体はむしろ土地神などの高位生命体に近いですわ。実際、龍種が土地神という地域も珍しくないですし」

シャロンの言葉を聞き、リュカは身近に純血統種族の知り合いなんていただろうかと、思い巡らす。レティは河童の亜人、シャロンはサイクロプスという魔族、そしてリュカはリザードマンだ。

「土地神っていうと、獅子神さまかー。うーん、それなら仕方ないかぁ。……あっ、でも、ヒョウカだって……」

　言いながら、リュカはしょんぼりと肩を落とす。

　しかし、ふとリュカの口から漏れた呟きに、今度はシャロンが首を傾げた。

「ヒョウカちゃんがどうかしましたか？」

「あっ。な、何でもないよっ！　何でもっ！」

　慌ててリュカが口を押さえる。スノーゴーレムとしてねこのしっぽ亭で暮らすヒョウカが土地神であることは、ねこのしっぽ亭の住人だけの秘密だ。危ない危ないと、リュカは口笛を吹きながらそっぽを向いた。

　不思議そうに頬に手を当てているシャロンも、特に突っ込む話ではないかと思って眉毛に触る。

　二人のやりとりをぼおっと聞いていたレティが、話を変えようとして口を開いた。

「そういえば、メオさん痩せたんやって？　よかったやん。てか、ほんまに痩せられるもんなんやな」

　ねこのしっぽ亭の店長メオが、マスターの恭一郎の作った料理と蟲蜜《むしみつ》が原因で丸々と太ってしまっていたことは、レティやシャロンも聞いていた。しかしダイエットの甲斐《かい》あってか、最近はほぼ元通りの体形になったらしい。そのことを、レティは興味深げに口にする。

「ええなぁ。うちもダイエットやっけ？　してみよかなぁ」

　恭一郎の顔を思い浮かべながら、レティは暑さを和らげるため頭の皿に水をかけた。気温ですっかり温《ぬる》くなった水が、それでも火照《ほて》った皿の表面を冷やし、潤していってくれる。

暑くてたまらず胸元を全開にしているレティに、シャロンははしたないと目を細めた。しかし注意をするのは諦め、シャロンは懐から手鏡を取り出す。

「でも別に、恭一郎さんは気にしてないみたいでしたけどね」

シャロンが、一つ目の睫《まつげ》を手鏡で確認しながらレティの声に反応する。ああこれが原因かと、目の痛みの元になっていた睫《まつげ》を慎重に摘んだ。

「しかし、ええよなぁリュカもシャロンも。リュカはともかく、シャロンなんていつの間にかキョウイチローさん誑《たぶら》かして」

「ちょっと、誑《たぶら》かしたなんて人聞きの悪い。あくまで仕事上の引き抜きですわよ」

拗《す》ねたように唇を尖《とが》らすレティに、シャロンが少し声を上げる。

恭一郎は、潰れかけたしっぽ亭を再建したり、これまで見たこともないサービスや営業スタイルを取り入れたりして、何かとこの街で注目されていた。シャロンはその手腕を高く買い、自身の経営するホテルグランドシャロンのフロアチーフとして、恭一郎を迎えたのである。

行動が早い友人に、レティはへいへいと空返事《からへんじ》をして、腕を組んで考え込んだ。

「あんたらさぁ。……うちがキョウイチローさんと付き合える確率って、どれくらいやと思う？」

「あり得ません。万に一つも。可能性なんてないですわね」

「キョーにいちゃんは、リュカと結婚するからなー」

親友二人にばっさり切られ、うぐぐとレティは頭を垂れる。分かってはいるが、少しくらい応援してくれてもいいじゃないかと思いつつ、薄情な友人たちをレティは睨《にら》んだ。

「貴女《あなた》が恭一郎さんに好意を抱いてるのは知ってます。けれど、他の女性の殿方に手を出すのは感心しませんわ」

「そうだぞー。リュカのキョーにいちゃんなんだからなー」

シャロンの言葉に、レティは痛いところを突かれたと口を閉じる。レティとて、恭一郎の心がどこに向いているのかくらい分かっているつもりだ。しっぽ亭に長いこと宿泊し続けている戦場の乳神ならともかく、ただの小娘の自分に可能性はないだろう。

しかし、そう簡単に割り切れたら乙女《おとめ》は恋なんてしない。レティはそう思いながら机の上に突っ伏した。

「……ところで。あんたらは、彼氏とかいないよな？」

顔を伏せたまま、机との隙間からレティの声が漏れてくる。何を言ってるんだというように、シャロンが一つしかない目を蔑《さげす》みの形に細めた。

「当たり前でしょう。何を言い出すんですか貴女《あなた》は？」

シャロンも、オスーディア四大貴族であるロプス家の令嬢だ。庶民のように自由な恋愛などできないことは、目の前の河童娘も知っているはずである。だからシャロンは、少々苛立った口調で質問を返してしまった。

「リュカは、キョーにいちゃんと結婚するからなー」

そんなシャロンに合わせるように、リュカもぎゃうぎゃうと頷いた。

二人の視線がレティに突き刺さり、そしてレティがゆっくりと顔を上げる。

「……つまり二人とも、既に結婚する相手が決まっているから、彼氏は無理やと？」

ぼそっと、レティが呟きを漏らす。そのレティの声に薄ら寒いものを感じて、シャロンが目を歪《ゆが》ませた。

「わたくしは決まっていませんが。まあ、自分で選べないという点では同じですわ。……それがどうかしましたか？」

シャロンの返答に、レティの目がすっと細くなる。付き合いの長いシャロンは、ああ、よからぬことを言い出すぞと察し、レティの次の発言に身構えた。

「うちだってそうや。シャロンほどでないにしろ、うちも堅い家やしな。……やけどや。何で彼氏を勝手に作ったらあかんねん。結婚相手は、どうせ親に決められるんや。やったら、学生時代に好きな男と付き合うくらいええやないか」

案の定、とんでもないことを言いだした。シャロンにはレティの言わんとすることも分かるが、それは到底許されることではない。

「あ、貴女《あなた》ね。無理に決まってるでしょう。子供ができたりしたら、親にどう説明するつもりですの」

「うわー。付き合うイコール子作りって。シャロン、発想が不潔やわー。純情ですって顔して、中身は助平なんやからー。とんだ淫乱貴族様やね」

つい口にしたことをレティにからかわれ、シャロンの顔が真っ赤に燃える。一瞬で一本角の先まで赤く染まり、慌ててレティにがたりと詰め寄った。

「いいい、淫乱って。あ、貴女《あなた》!!　言っていいことと悪いことがありますわよ!!」

「おーおー、図星突かれて慌てるなんて。心当たりあったんちゃうかぁ？」

むきーと、シャロンがレティに食ってかかる。先ほどのことを根に持っているのか、レティも挑発をやめない。

しかし、リュカはこの二人の喧嘩など慣れたもので、騒ぎをよそにレティの話をうーんと考えていた。

「……こどもって、結婚したらもらえるんじゃないの？」

ぴたりと、リュカの一言に二人の動きが止まる。そして、ぎぎぎと、首をリュカのほうに向け直した。シャロンとレティは一度お互いに顔を見つめ合わせた後、こほんと咳払いして各々の席に戻っていく。

「そ、そうですわよ。わたくしとしたことが、とんだ勘違いを」

「もう、シャロンてば慌てんぼさんやわぁ。結婚もしてないのに、子供ができるわけないやんかぁ」

にっこり笑い合う二人に、リュカが納得がいかないように眉を寄せる。

「でも、みんな『子作り』って。……どんな材料で作るの？」

不思議に思い、リュカが二人をじぃと見つめる。長年の疑問だが、大人は誰も答えてくれないのだ。ヒョウカにまで「……ヒョウカ。シラナイ」とはぐらかされてしまった。

リュカも自分が頭がいいのは理解している。しかし、自分がどう頑張っても赤ちゃんを作るなんてできそうにない。そんなことを、世の中のお母さんは全員やっているのだろうか。

尽きない疑問を、親友であり年長である二人にぶつけてみたのだ。

「そ、それは。その。……実は、うちもよく知らへんねん」

「わたくしも、実は。ほ、ほら！　やったことありませんし!!」

嘘は言ってない、分かってるなと二人はお互いに視線を送り合う。

リュカは何か怪しいと思いながらも、大人にならないと分からないのかもしれないと追及を諦めた。二人も知らないのだ、そう事を急ぐ必要もないだろう。

リュカの興味が収まっていくのを感じて、レティとシャロンはほっと息をついた。そして、レティが思い出したように少し前の話題に戻す。

「ま、まあ。うちらだって、可愛い服着て彼氏とデートするくらいはいいんやないかという話や。……うちも、キョウイチローさんに手ぇ握られたいわ」

「貴女《あなた》、まだ言ってますの？　あ、あれは事故みたいなものです。ノーカンですわノーカン」

シャロンが、あの日の握手を思い出して頬を染める。自分では割り切ってるつもりだが、レティが事あるごとに蒸し返してくるので、その度に無駄に鼓動を刻んでしまうのだ。

「ふふ、まあそこでや。提案があるんやけど、今日学校の帰りに服買いに行かへんか？　お薦めの店があるねん」

「服ぅ？　別に構いませんけど、何でまた」

自分で服など買いに行ったことがないお嬢様は、ちらりとリュカの方を見やった。リュカの分は自分が出せばいいかと思い、レティの話に耳を戻す。

「それが、アラン工房って店があってな……」

突然出てきたよく聞く名前に、リュカがぎゃうとレティに顔を向けた。何やら大人の階段を上れそうだぞと、リュカは期待を込めてお姉さんの話に耳を傾けるのだった。

◆　◆

「キョーにいちゃんおはよー。学校行ってくるね！」

オスーディアの地方都市の中では大きな街、エルダニア。その街にあるねこのしっぽ亭は、今日も清々しい朝を迎えていた。

「おはようリュカちゃん。いつも早いねーって、ええっ⁉」

目が覚めて階段を下りてきた佐藤恭一郎《さとうきょういちろう》は、いつも通りに学校へと駆けていくリュカを見送った。日本からこの異世界に来て、もう何度も見ている光景だ。子供の朝は意外と早いよなぁと、普段と同じ気持ちでリュカの後ろ姿を眺める。

その瞬間、とんでもないことに気がついた。

「りゅ、リュカちゃん！　ちょ、ちょっと待って！　どうしたのその格好！」

リュカの尻尾が、ふりふりと揺れている。それはいい、いつも通りだ。

しかし、リュカの脚がちらちらと朝の日差しに照らされていた。尻尾が動く度に、揺れる布地からすべすべとした太股が覗《のぞ》いている。

リュカの腰には、ミニスカートが穿《は》かれていた。

質のよい、プリーツスカート。赤を基調に、白とワインレッドのストライプ。日本の女子高生の制服のようだ。

それがこの世界にあること自体は、別に不思議ではない。何せ、あの今季の目玉商品は、恭一郎がデザインしたものなのだから。

「どうしたのって、買ったんだよー。アランさんの店で」

恭一郎が狼狽《ろうばい》している意味が分からず、リュカが首を傾げる。リュカの身体を眺めて、恭一郎はたまらず声を上げた。

「め、メオさん！　ちょっと、メオさーん!!」

何となく、自分じゃダメな気がしたのだ。

「……何か、問題あるんですか？」

「だ、だって！　あんな短いスカート！　脚が丸見えじゃないですか！」

メオとリュカの二人から、じとーっと視線を送られ、恭一郎は不安になりながらも声を荒らげた。

「最近流行《はや》ってるんだー。みんな穿《は》いてるよ」

さすがキョーにいちゃんの商品だぜと、リュカはにぱーと笑顔を作る。

そんなことは、恭一郎も当然知っている。今では、アランの店に限らず至る所で大人気だ。品質はピンからキリまでだが、それはお客さんが自分のお財布事情に合ったものを選べるようになっているということであり、流行《はや》りものであることの証明だろう。

だが、今はそういう問題ではない。

「み、みんなって！　クラスの誰かが穿《は》いてたとかでしょう？　……レティちゃんとシャロンちゃんに聞いてみな？　まだ学生には早いって言うと思うよ」

「でも、レティとシャロンと一緒に買いに行ったんだよ？」

ちゃんとパンツも買ったから大丈夫だよと言って、リュカはふりふりと尻尾を動かして見せた。

さすがはアランだ。尻尾がついている種族用のスカートなのだろう。ぎりぎりで見えないようになっている。しかし、本当にぎりぎりだ。

「じゃあ、学校行ってくるね。遅刻しちゃう」

「ま、待ちなさい!! 俺はまだそれで学校に行っていいとは言ってないぞ!!」

引き留める恭一郎に、リュカが鬱陶《うっとう》しそうに振り返る。そのまま、目を細めて恭一郎に視線を送った。

お前が作った商品ちゃうんかい、と。そう言いたげな抗議の瞳だ。

「と、とにかく! ミニスカートで学校に行っちゃだめ!」

一向に譲らない恭一郎に、リュカが、はぁとため息をつく。そして、成り行きを見守っていたメオの方に身体を向けた。

「メオねーちゃんも、だめだと思う?」

「いえ、私は別に。可愛いし、いいんじゃないでしょうか。着たい服は着れるときに着るべきです」

最近ダイエットを成功させたメオは、リュカの味方だ。「可愛いのがかえって問題なんです」と言いかけて、恭一郎はうぐぐと声を詰まらせた。

リュカのことを想って言っているのに、このアウェー感。何故なんだと納得できないまま、恭一郎は悔しさを堪《こら》えて口を閉ざす。

「じゃあ、店長が了承したってことで。いってきまーす」

「あ、ちょっと!」

そうこうしているうちに、リュカがついーと出て行ってしまった。もう、恭一郎の制止の言葉を聞く耳は持っていない。恭一郎は肩を落として、リュカの揺れるスカートを見送った。

「……これが、反抗期ってやつか」

「いえ、違うと思います」

メオが、崩れ落ちる恭一郎に冷静に突っ込む。

「いやあ、ついオマケしてしまった。恭一郎さん、びっくりするぞう」

数日後、恭一郎に詰め寄られるとも知らずに、羊頭の服飾屋は、しははと笑っていた。

2　妹竜さまは思春期

ドラゴンは古来人々が畏《おそ》れ、敬ってきた存在である。

高位種とは名ばかりではない。圧倒的な魔力は、オスーディアが誇る上級魔導師すら軽く凌駕《りょうが》し、爪と牙によって鉄の盾をも易々と切り裂くという。

そんな高位種に直面した者の反応は、決まってこうなるのではないだろうか。

「でっけぇ……」

恭一郎は、目の前の光景を端的に表した。思わず漏れた呟きが、夏の空気に溶け込んでいく。

「にゃわ、わわわわわわわっ」

隣でメオが、がくがくとその身を震わせていた。視線を自分の店の屋上に向け、慌てるのを通り越して、ただただ振動を地面に伝えている。顔はもうすでに涙が少し溢れていて、どうすればいいのか分からずパニックになりかけていた。

「どどど、どうして。わわわ、私のお店に……」

ふるふると、メオが腕を持ち上げる。指でそれを指し示そうとしたが、一瞬考えてさすがにまずいかもと思い直し、腕を下ろした。ぱくぱくと口を開閉させて、懇願するように恭一郎を振り返る。

「お、俺に言われても。……これ、やばいですかね？」

恭一郎の視線の先、しっぽ亭の屋上には、巨大な赤い影がうずくまっていた。

屋上を覆い隠すほどの体躯《たいく》、店からはみ出すほどの翼と尻尾。

紛《まご》うことなき、ドラゴンである。

「ぐるるる……」

居心地が良さそうに目を瞑《つむ》る赤龍は、周りの視線など気にならないというように寝息を立てている。時折、寝返りのようなものだろうか、尻尾がずうんと動き、その度に屋上の縁が音を立てて削れていた。

「ど、どうすればいいんですか!?　どうすればいいんですか!?」

メオが、取り乱して尻尾を揺らす。

そんなことを言われても、恭一郎にだって全く見当もつかない。しっぽ亭の周りには人だかりができ、中には慌てて逃げ出す人もちらほら見受けられた。

「うおっ、なんだいこりゃ」

騒ぎを聞いて外に出てきたアイジャの声に、恭一郎は安堵した。自分ではお手上げですと言って、おそらくこの街で一番の専門家に託す。

アイジャは、このオスーディアと隣国のアキタリア皇国との間にかつて起こった大戦で活躍した、エルフの魔法使いだ。実力だけでなく、知識も豊富な彼女なら、今の状況を何とかできるかもしれない。

「これ、ドラゴンですよね？」

恭一郎の問いかけに、アイジャは頷く。

「まだ若いけど、間違いなく龍種だね。何でまたこんな街中に」

赤い鱗《うろこ》。堂々たる角。どこからどう見ても普通の生き物ではない。暴れだしでもしたら、被害はしっぽ亭だけではすまないだろう。

心配そうな恭一郎の顔を見て、アイジャが真剣な顔つきで眉をひそめた。

「弱ったね。話が通じればいいが、そうじゃなかったらあたし一人じゃ荷が重いよ」

「え？　ドラゴンって、アイジャさんより強いんですか!?」

そんな生き物、もうどうしようもない。恭一郎は絶望の表情で屋上を見上げる。

「あほたれ。こんな若造一匹なら、指先一つでバチンって終わるさね。問題は、その後のことだよ」

アイジャが困り顔で龍を見つめる。どうしたもんかと、前髪をくるくるといじった。

アイジャによると、龍種の仲間意識は相当なものらしい。今ここでこの龍を殺さないにしろ、手荒く追い払えば、まず間違いなく龍の巣から大量にドラゴンがやって来て、この街を襲うという話だ。

なんてはた迷惑な話なんだと、恭一郎は頭を抱えた。

「大人の龍の群が来るとなると、あたしといえども被害をゼロにするってわけにもいかないね。まあ、知能も高いしプライドも高いが、それだけ品のある生き物さね。話して分かってくれるといいんだが……」

アイジャはそう言っているが、恭一郎としては心配が募るばかりだ。エルダニアの街を戦場にするわけにはいかない。

アイジャが思案顔で屋上を睨《にら》み、そうこうしているうちに、むにゃむにゃと赤龍がその瞳を開けた。

「……んぅ？　なんだ主等は。揃いも揃って、余の眠りの邪魔をしおって」

どうやら人だかりが五月蠅《うるさ》かったようで、龍が不機嫌そうに立ち上がり、恭一郎達を見下ろした。

恭一郎は雲行きが怪しくなってきたことを感じ、じりじりとメオの前に移動する。

「すまなかったねぇ。あまりにあんたが偉大なもんで。皆、あんたに見惚れてたのさ」

「なんだお前は。……エルフか？」

アイジャが、ここは自分の仕事だろうと一歩前に出た。

アイジャの身に宿る魔力の強大さに、赤龍もわずかに興味を示す。通常ではあり得ない程のアイジャの魔力量を感知して、赤龍はほんのりと眉を寄せた。

「ここはこの子の店でね。ちょいと、どいてもらえると助かるんだが」

「それはできん。余はこの場所が気に入った。下で店でも何でも勝手にするのは結構だが、ここはすでに余の縄張りだ」

龍の言葉を聞き、アイジャの口元が歪《ゆが》む。

最悪の事態だということが、アイジャの背中から恭一郎にも伝わってきた。

要は、このドラゴンは巣作りにエルダニアまでやってきたのだ。変わり者なのか、何の因果か、ねこのしっぽ亭の屋上を巣の場所として選んだらしい。街に巣を作るドラゴンなんて、アイジャですら聞いたことがなかった。

「余も元々は、ここより遠くの山脈を目指していた。しかし驚いたことに、街の中に地脈が素晴らしく安定している場所があるではないか。貴様等には分からぬだろうが、この店の場所はとんでもなく貴重な土地なのだ。まるで、土地神がすぐ側《そば》にいるかのような大地の力を感じる」

『それが原因かー!!』と、しっぽ亭の面々は頭を抱えた。

現在も恭一郎の部屋で爆睡中の氷精様が、今回の騒動の大本らしい。

しかし龍の話が本当ならば、ヒョウカは陰ながらしっぽ亭を守ってくれているということだ。後で誉めておこうと思い、恭一郎は一人だけうんうんと頷く。

「それには、ちょいと事情があってね。……どうしても退《ひ》いてはくれないかね？」

「聞けぬな。余も、龍の巣を飛び出してしまった身。龍といえども、巣作りは運が絡む。これほどの土地、手放すわけにはいかない」

困ったね、と呟くアイジャの額を汗が伝う。力ずくでいくしかないようだ。覚悟を決めて、アイジャは恭一郎に避難するように視線を送った。

見た目は大きいが、歳的にはリュカとそう変わらないくらいの若龍だ。一瞬で動けなくすれば、ひとまず街への被害は出ないだろうと考え、アイジャはさらに足を一歩前に踏み出した。

「大人に泣きつくのだけは、勘弁しとくれよ」

「ふむ。致し方ない。縄張り争いは、避けては通れぬが摂理」

ばちばちと、アイジャの両手に小さな雷が弾け飛ぶ。

それを見た人だかりが、事態を察したのか我先にと散っていった。

恭一郎も、メオを連れて慌ててその場を離れる。

アイジャは恭一郎とメオが十分に距離を取ったのを確認して、赤龍へと顔を上げた。

「先に聞いておくが……雷に打たれたくらいで、死にゃしないよね？」

「……？　何を言って……」

戦闘態勢を取ろうと腰を上げた赤龍が首を傾げる。曇《くも》りですらない今の天候で、どうやって雷に打たれるというのだろう。そう赤龍が疑問を持った刹那《せつな》――。

光の帯としか形容できない雷が、雲一つない天空から降ってきた。

「ぐおっ⁉　がっ、ああああああああ⁉」

光に遅れて、すさまじい轟音《ごうおん》が鳴り響く。鈍く重い雷が、一本だけの槍となって赤龍の身を貫いた。

迸る《ほとばし》閃光。避難していた街の面々が、口々に悲鳴を上げる。メオを抱く恭一郎も、咄嗟《とっさ》にメオを守るように後ずさった。

「すごい……」

思わず呟いてしまう。以前、しっぽ亭でゲーデルを退けたときとは比較にならない、雷の蹂躙《じゅうりん》。

目の前の人物が大戦の英雄であることを、恭一郎は今さらながらに肌で感じた。

数秒後、がくがくと震える赤龍は、耐えていた膝《ひざ》を屋上に落とす。体表からは煙が昇り、少し焦げ臭い匂いが恭一郎たちの方まで漂ってきた。

「ぐぅっ、莫迦《ばか》なっ。龍種である余を、一撃でっ……」

体重を屋上に預け、赤龍は驚愕《きょうがく》の瞳でアイジャを見つめた。何が起こったのか分からないと、その表情が物語っている。

「おお、流石《さすが》に耐えるね。よかった。話ができるくらいに手加減はしたさね。死なれると、こっちが困る」

アイジャが安堵のため息を吐いた。一撃で済まさなければ、反撃を許す。そうなれば、街に被害が及んでいただろう。

かといって、龍の意識を奪うほどの攻撃は、この後の話し合いに支障をきたす。

周りの者からは分からない、微に入り細を穿《うが》つ一撃であった。

「な、何者だ……」

その身をもってアイジャの魔法を受けた赤龍は、アイジャの存在に恐怖していた。

今の一撃。龍種といえども、放てる者は多くない。それほどの一撃を、目の前のエルフは手加減をしたものだと、そう言ったのだ。

赤龍の脳裏に、大人たちから聞かされた昔話が蘇《よみがえ》る。大戦の時代、空を駆ける龍族をことごとく打ち落とした、雷神と呼ばれる者の存在。

「特に名乗るほどのもんじゃないよ。さて、どうかね。退《ひ》いてはくれないかね？　一応あたしも、この街の平穏を任されてるんだ」

アイジャの穏やかな目に、赤龍が唸《うな》りを上げる。自分も、若いとはいえ龍種の誇りがある。

ここで退《ひ》いては、一族の名折れ。

だが先の戦闘で、己とアイジャの間の力量差も把握していた。悔しいが、勝てる戦ではない。

「……とはいえ、余も己に課した使命がある。それを果たすまでは、おいそれと退《ひ》くわけにはゆかぬ」

ぐぐぐと、赤龍は再び足に力を入れた。巨大な身体が立ち上がり、その目は最期の灯火《ともしび》を煌《きら》めかせている。

「おいおい。生き急ぎなさんな。ああ、もう。これだから男は」

アイジャは、面倒くさいとばかりに頭を掻いた。どうして若い雄はすぐ死に急ぐんだと吐き捨て、先ほどよりも力を込めた雷を用意する。

「ちなみに、その使命ってのは何さね？」

「……番《つがい》だ。ここで退《ひ》く雄など、誰も相手にはせぬだろう」

こちらを見下ろす赤龍に向けて、アイジャはくすりと笑みを飛ばした。結局色恋かいと、流した目で赤龍を見上げる。

赤龍も、怒りなど湧《わ》いていない。目の前の女賢者に、人生で最期の敬意を表した。

「強き雌よ。殺す気でくるがいい。手加減は余の誇りへの、侮辱と知れ」

赤龍が翼を雄々しく広げる。体内を魔力が駆けめぐり、龍の鱗《うろこ》から漏れ出した魔力が黄金のように輝きだした。

油断していた先ほどとは違う、正真正銘の龍種の本気。大気が震え、緊迫した空気が恭一郎たちのところまで届いていく。

ここまで言われちゃ仕方がないと呟き、アイジャが初めて構えを取った。腰を落として、両手をヘソの前に、何かを包み込むように携える。雷撃を前方へと飛ばす姿勢。空からの一撃では、しっぽ亭もろとも吹き飛ばしてしまうからだ。

両の手の間に、ばちばちと閃光が弾け合う。やがて雷鳴は消えていき、粘土細工のような光の塊がアイジャの手のひらの間に浮かんでいた。

雷球。その中に千本の雷を宿す、アイジャの奥義の一つである。

「くく。それを食らわば、骨も残らぬな。……真《まこと》、爺《じい》の言う通りよ。世界とは、ここまで広いものだったか」

どこか清々しい顔で天空を見上げ、赤龍は静かに目を瞑《つむ》った。思えば、大口を叩いて皆のもとを飛び出してきたものだ。そんな若造には上等すぎる最期だと、ゆっくりと瞳を開けた。

番《つがい》。見つけたくなかったと言えば、嘘になる。だが――。

「ゆくぞ」

全身全霊をもって、目の前の雌に己の誇りをぶつけて散る。

それこそが、己のできる最期の――。

「あー!!　ドラゴンさんがいるー!!」

その決意に割り込むように、明るい声が響いた。

「すごいすごい!!　リュカ初めて見たー!!」

駆け寄ってくる足音と、地面に当たる尻尾の音。

赤龍は、思わず視線をその声の主に移した。

深緑色の鱗《うろこ》、丸まった角。きらきらと、自分を見つめる瞳。

そして、何やらひらひらと舞い上がる腰布。

「か、可愛い……!!」

そう呟いた瞬間、思いっきり手加減をされた一撃が、赤龍の顔を直撃した。

◆

◆

「だいじょうぶー?」

しっぽ亭の屋上で、リュカは心配そうな顔で目の前の大きな影を覗《のぞ》き込んだ。ほかの面々も屋上に集合していて、どうしたものかと腕を組んでいる。

「う、うぅむ。ふ、不覚。余としたことが……」

リュカの視線の先、赤龍の瞳がうっすらと開かれる。辛そうな眼は、リュカの顔を見た途端《とたん》に一気に見開かれた。

「う、うおおおッ!?」

驚いたように、赤龍が一歩後ろに下がる。それだけで、ずぅうんと屋上に嫌な音が響いた。

「よかった、生きてた。アイジャさん馬鹿みたいに強いから。死んじゃったかと思った」

「何をぅ」

元気そうな赤龍を見て、リュカがほっと胸をなで下ろす。アイジャが、愛弟子の言葉にむぅとした表情を見せた。

「……そうか。余は、負けたのか」

ちらりと赤龍の視線がアイジャの顔へ向かい、当たり前の結果を改めて認識する。一拍おいて、赤龍は深く息を吸い込んだ。

「強かったぞ、エルフの雌よ。貴様ほどの手練れは、龍の巣にもおらなんだ」

「はは。まあ、相手が悪かったと思いな。あたしに勝てる奴なんて、もうこの国には五人もいやしないよ。ま、みんな死んじまったからね」

アイジャはかかかと腕を組んで笑う。快活な笑い声に、赤龍は再び目を開いてみせた。そして、溜めていた息をゆっくりと吐き出していく。

完敗。そう言うのだろう。赤龍は、しかしすっきりとした心持ちで何かを胸に呑み込んだ。

「……あれほどの大言壮語。生き恥以外の何ものでもないが、余はますます死ぬわけにはいかなくなった」

赤龍の呟きに、屋上にいる全員が耳を傾ける。もとよりアイジャにも他の皆にも殺すつもりはないが、赤龍の言葉の意味が分からなかった。

赤龍がじぃとリュカを見つめ、リュカが不思議そうにそれを受け止める。

「そ、その者。余と、番《つがい》になってはくれぬだろうか？」

その瞬間、しっぽ亭の屋上に暴風が吹きすさんだ。

恭一郎が、ぽかんと口を開けて赤龍を見つめる。

「番《つがい》って？」

リュカが、きょとんとした表情でメオを振り返った。話を振られたメオは、困り顔で唸《うな》る。その隣では恭一郎が、ぴしりと石のように固まっていた。

「簡単に言えば、結婚しようってことさね。リュカ助、あんた今、そこの龍から求婚されてんのさ」

アイジャが横から助け船を出すように、リュカに説明する。端的な回答に、何故か赤龍がびくりとその身を震わせた。

「えぇー、だめだよー。リュカ、キョーにいちゃんと結婚するんだから」

求婚という単語を聞き、リュカが眉をひそめる。一蹴されてしまった赤龍が、見るからにショックを受けて口を開けた。巨大な身体が少しだけ小さく見える。

それを見たリュカは、少し悩むように口に手を当てた。ふむと、幼いが賢い頭を回転させる。

「……リュカのこと、好きなの？」

「も、勿論《もちろん》である!!　一目惚れだ!!　君のような可憐《かれん》な龍は、龍の巣にはおらなんだ!!」

慌てて、がばりと赤龍が顔を上げる。リュカの気持ちを引くために、慣れない言葉を必死に選んだ。それが功を奏したのか、リュカは気を良くしたように顔を上げる。

「うん！　いいよ！　結婚は無理だけど、リュカの彼氏にしたげるね」

むふーと、リュカが小さな鼻の穴を膨らませた。思わず、その場の全員が視線をリュカに集中させる。

「か、彼氏であるか？」

聞き慣れない単語に、赤龍が説明を求める視線をアイジャに送った。アイジャが、何で皆あたしなんだと呟いて前髪をいじる。

「恋人から始めましょうってことだよ。結婚したけりゃ、その間にいいとこ見せろってことさね」

身も蓋《ふた》もないアイジャの返答は、しかし赤龍には分かりやすかったようだ。なるほどと頷き、目の前のリュカをきらきらとした瞳で見つめる。

「考えてみれば、それもそのはず。余は、先ほどまさに敗北したのだからな。己の利を証明して見せよというのは、我が君からすれば至極当然の要求だ」

あい分かったと、赤龍は姿勢を正すように立ち上がった。翼を広げ、己の雄大さを誇示するようにリュカと向き合う。

「我が名はドラグ・ノーブリュード。誇り高き飛龍が一族にして、赤き瞳を受け継ぐものなり。これより我が翼と牙を、我が君に捧げることを誓おう」

宣誓。神にも等しい力を持つ龍の誓いは、それだけで魔力を放出し、ねこのしっぽ亭の上空を揺るがした。この龍の宣誓を耳にすることができた者は、大陸に幾人《いくにん》といない。

「へぇ。じゃあ、名前長いからノブくんね。やった!! これでリュカも彼氏持ちだ!!」

「の、ノブくん⁉」

しかし、当のリュカは宣誓などどうでもいいらしく、自分に恋人ができた現実にきゃっきゃと嬉しそうに尻尾を弾ませていた。赤龍が、可愛らしく略された自分の名前に戸惑いを見せる。

「彼氏はねー。彼女の言うこと何でも聞かなきゃいけないんだよ」

「そ、そうなのであるか？ 無論、我が君が望むならどんな願いも叶えよう」

よしよしと、リュカが赤龍の従順さを誉める。いい男を拾うことができ、幼心にリュカは自分の男運の良さをうっすらと感じ取った。

「りゅ、リュカちゃんに恋人……。わ、私にもできたことないのに……」

メオが、ふらあと身体をよろめかせる。自分がのろのろしているうちに、まさかのリュカに先を越されたのだ。それを見たアイジャが、爆笑しそうになるのを必死に堪《こら》えている。

しかし、何だかんだでいつものように和《なご》やかに収まるしっぽ亭の屋上で、一人だけ納得できないと、身体をわなわなと震わせる男がいた。

「お、俺はそんなの認めませんからね!!」

カッと、指をさし目も口も開いて、恭一郎は叫び声を上げた。

「認めないって、何でまた？」

アイジャが、不思議そうな顔で恭一郎を見つめる。その横でメオも、また何か面倒くさいことを言い出すぞと口の端を歪《ゆが》ませた。

「だ、だって！　今日会ったばかりじゃないですか！　そ、それで付き合うだの付き合わないだの！」

女性陣の視線を一身に受け、恭一郎は必死にアピールする。

しかし、おかしい。何故誰も自分のほうにいないのだろう。そう思い、恭一郎は困惑した表情で首を傾げた。

「……って言われても、決めるのはリュカ助だしねぇ。おいリュカ助、本当にこいつを彼氏にしていいのかい？」

「いいよー。ノブ君、それなりに強そうだし。一応ドラゴンだし。クラスの皆に自慢できそう」

リュカが、にっこりとしてアイジャに答える。余は満足じゃとでも言うかのような表情だ。「それなり」だの「一応」だの言われた赤龍が、密《ひそ》かにがっくしと肩を落としていた。

「まあ、リュカ助もこう言っていることだし。これで一件落着ということで」

軽く言い放つアイジャに、恭一郎は再びぷるぷると震えだす。

何ということだ。クラスの皆に自慢できるだの。単に彼氏が欲しいだの。そんなことで、恋人を決めるなんて。

「え、えぇーい!!　だめと言ったらだめです!!　間違いがあったらどうするんですか!!　俺はリュートさんにリュカちゃんの教育を任されているんですよ！」

恭一郎は、遠い都にいる兄リュートの顔を思い浮かべながら、拳を握りしめて声を上げる。それを聞いたアイジャとメオが、呆れたように赤龍を見やった。

「間違いって。……ねえ？」

メオは、リュカと赤龍を交互に見つめ、複雑な顔で二人の身体の大きさを比べた。

「というか。この二人、やれるのかね」

「わぁあっ!!　アイジャさん!!　それ以上は言っちゃだめです!!」

メオが、腕を組むアイジャの続きを慌てて声でかき消す。

そうは言うものの大事なことだよと言いながら、アイジャはなおも赤龍の身体を眺め続けている。何で見つめられているか分からないまま、リュカと赤龍は首を傾げた。

「う、うぬぬ。な、何があるか分からないじゃないですか。こう、奇跡的に見事にはまる可能性も」

まだ反対する恭一郎を、メオは呆れた目で見た。

「そこまで考えなくても……。いいじゃないですか。リュカちゃんもお年頃なんですから。恋人だって作れるときに作っとかないと、後悔しますすよ」

ため息を吐いて「そう、私のようにね」と漏らし、メオが顔を曇らせる。メオは涙とともに、働きづめだった自分の青春を振り返った。今の恭一郎との関係にはときめいているが、それとこれとは話が別である。

「うう。だ、だったら同棲だけは絶対にだめです!!　これだけは譲れません!!」

それでもなお、恭一郎は頑張り続ける。そろそろ鬱陶《うっとう》しく思い始めた女性陣に苦い顔をされながらも、恭一郎は負けるなと自分にエールを送った。

その恭一郎の想いが、遠い空を越えて都に届く。

「どうしたリュート?　急に拝みだしたりなんかして」

「分からん。だが、何やら急に拝まねばならん気がした。ウソナ、お前も手を貸してくれ」

都オスーディアの地で、リュートは何やら不吉なものを感じ取っていた。そして、それに立ち向かっている一つの光も。

リュートの拳闘のパートナーであるウソナが、なんだか分からないが助太刀しようと、四つの手をそれぞれ合掌させる。

その瞬間、奇跡が起こった。

「あーでも、確かにここで一緒に暮らすのはちょっと困りますねえ。ドラゴンが屋根の上にいたら、お客さん逃げちゃいますよ」

メオが、初めて恭一郎に賛同する。想いが届き、恭一郎の顔が歓喜の色に染まった。

「うむ。余も、縄張り争いに負けた身。もとよりここに居座る気はない。この街の近くの山にでも住むつもりだ。……我が君、これを」

ごそごそと、赤龍は自分の鱗《うろこ》の中から何やら小さな牙のようなものを取り出した。それをリュカに渡し、リュカが何だろうと見つめる。

「それは、龍の呼笛《よびぶえ》である。それを吹けば、いつ何時《なんどき》であっても、余が我が君のもとに馳《は》せ参じよう」

「うわー便利。ありがとうノブくん。学校から帰るときにでも呼ぶね」

長い歴史の中で、実在するかどうかすら疑問視されている神器、龍の呼笛《よびぶえ》。手に入れたものは龍を自在に呼び寄せられ、龍を使役することで一つの都市を壊滅に追い込むことすら可能だと言われている。

それが今、学校の送り迎えに使われることが決定した。

「ちなみにあんた、何歳なんだい？」

「大地の祝福を受け、この夏で六つである」

アイジャに答える赤龍を見て、じゃあリュカがお姉さんだねと、リュカがきゃあきゃあ飛び跳ねる。

「お姉さんの言うことはねー、何でも聞かなくちゃいけないんだよ」

何も知らない赤龍は、あい分かったと魔力を帯びた声で返答した。彼はまだ、女の怖さを知らない。

「リュカちゃんがぁ。リュカちゃんが悪女にぃ」

「そんな大げさな……」

絶望の表情で頭を抱える恭一郎の肩を、メオがぽんと叩くのだった。

◆　◆

「え!?　彼氏ができた!?」

学校の休み時間、お喋りの途中にレティは椅子から転げ落ちそうになった。

「うん。昨日できたの。へへ、リュカが一番乗り」

にこにこと笑うリュカの顔を見ながら、腰までずり落ちたレティが這《は》い上がり、机の上に身を乗り出して問いつめる。

「か、彼氏って。……キョウイチローさんかっ!?」

レティの頭の皿から水が撥《は》ね、リュカはそれを見ながらけらけらと笑った。

「ちがうよー。キョーにいちゃんじゃないよ」

そのリュカの発言に、まあとシャロンが口を押さえた。リュカが恭一郎に幼いながらも好意を持っているということは、二人も当然知っていた。そのリュカが、他の異性を恋人にしたなど、簡単には信じられない。

「な、何でまた。キョウイチローさんはもうええんか？」

「キョーにいちゃんとは、いずれ結婚するよ？　んで、彼氏はべつに作りました」

むふーと、リュカが得意げに胸を張る。何となく嫌な予感がして、レティは顔を歪《ゆが》めた。シャロンが、ちらりとレティの顔を横目で見る。

「レティ言ってたもん。結婚あいてとはべつに、彼氏作っていいって」

曇《くも》りなき瞳でリュカに見つめられ、レティが額から汗を流す。どうするんですのと言わんばかりに、シャロンに睨《にら》みつけられた。

「え、えーとやな。とりあえずや。相手はどんな人なん？」

まずは情報収集だ。レティがシャロンを落ち着かせるように手で制した。彼氏といっても、可愛い子供のお遊び程度かもしれないではないか、ということだ。

「んー、ノブくんはねぇ。とりあえずおっきい」

「……な、何が？」

「レティ。いいかげん殴りますわよ」

拳を握りしめたシャロンが、はああと気合いを入れ始めたのを見て、レティは慌てて腕を振った。

シャロンの腕力で殴られたら大惨事だ。レティはリュカに先を促す。

「おっきいのは背だよ。身体もだけど。あとはねー、たぶん強い」

「たぶんって……」

戦っているところは一度しか見たことがないのだと言い、リュカがうーんと腕を組む。その相手がよりにもよってアイジャだと聞いて、二人は顔を見合わせた。

「何でまたアイジャさんと。えっと、種族的にはどうなんですの？　やはりリザードマンとか」

「あ、うん。そんな感じだよー。リュカのほうがお姉さんなんだー」

きゃっきゃと恋バナをするリュカに、二人はほっとため息をつく。リュカよりも年下であるならば、それはもう子供もいいところだ。ままごとのようなものだろうと一安心して、レティはふぅと汗を拭《ぬぐ》った。

「いやあ、焦ったな。リュカに抜かれたかと思ったわ」

「何言ってますの。抜かれてるんですわよ」

歳は関係ありませんわと、シャロンがリュカに微笑む。

それを見たリュカは、気をよくして笑った。何となく優越感を覚え、彼氏を作ってよかったと思うリュカである。

「今日ね、ノブくん学校にむかえにきてくれるんだ。二人にも紹介するね」

「あら、紳士ですのね。ポイント高いですわ」

「よーし。いっちょ親友のうちらが評価したるか」

わいわいと教室の隅ではしゃぐ女子生徒三人。色々と驚いたものの、結局はいつもの雰囲気に落ち着いていく。

そんな三人とシャロンの座る椅子を交互に見つつ、本来の座席の主が、早くどいてくれないかなーと休み時間が終わるのを待ち続けていた。

◆　◆

「ん、誰もおらんやないか。まだ着いてないんかな」

彼氏として減点やでと言いながら、レティはきょろきょろと校門の周りを見渡した。シャロンも、苦笑しながらリュカの方を見下ろす。そんな二人に、リュカは自慢げに懐から取り出した呼笛《よびぶえ》を見せつけた。

「なんやのそれ？　角笛？」

「これを吹くと、ノブくんが迎えに来てくれるんだー」

そう言って、リュカは呼笛《よびぶえ》を口に咥《くわ》える。二人がわけも分からずリュカを見つめるなか、リュカは思い切り息を吸い込むと呼笛《よびぶえ》を鳴らした。

ぴぃぃぃと、微《かす》かな高音が空へと響いていく。

吹いたリュカ本人も、あまり大した音がしないことに首を傾げた。これではノーブリュードのいる山まで届くはずがない。リュカが困った顔で呼笛《よびぶえ》を眺める。

三人は知る由《よし》もないが、リュカが呼笛《よびぶえ》を吹いた瞬間、龍種にしか知覚できない魔力が勢いよく天空へと昇っていた。

その波動を受けて、山で巣作りをしていたノーブリュードが、真剣な表情でその魔力の発生源を見つめる。

「それ、壊れとるんとちゃうか？」

「えー。困るよー。これしかないのに」

「吹くのにコツが要《い》るんじゃありません？　ほら、管楽器ってわりと難しいですし」

姦《かしま》しい様子で、三人娘が呼笛《よびぶえ》をあーだこーだと弄《いじ》くりまわす。どうも壊れてはいないようだという結論に達し、どうしようとリュカがしょんぼり肩を落とした。

その間、およそ百数秒。話している本人たちにとっては、瞬きする間ほどにしか感じられない時間で、その巨大な影は飛来した。

「あっ、ノブくん!!」

突如として現れた影。その原因に心当たりがあるリュカが初めに、花を咲かすように顔を上げる。続けてレティが、少し遅れてシャロンがゆっくりと上空を見上げた。

「……は？」

「あら」

レティの目が見開かれ、シャロンが口元を手で覆う。リュカは、ここだよーと恋人に向かって両手を振った。

「か、かかか彼氏って⁉　このドラゴンがか⁉」

目の前にずんぐりと鎮座《ちんざ》する赤龍に向かって、レティがシャロンの背後から叫び声を上げる。

そうだよーと返しながら、リュカが笑顔でノーブリュードのもとへ駆け寄った。

「ほんとに来てくれたー。ありがとうノブくん‼」

「当然である。我が君のためならば、たとえ紅蓮《ぐれん》の炎の中だろうと馳《は》せ参じよう」

ノーブリュードが、リュカに誉められて得意げに胸を張る。

そんな赤龍を、下校していく他の生徒が見てざわざわとし、警戒するように裏門へ進路を変えた。

「我が君、こちらの者たちは？」

「リュカの友達だよー。お皿のあるほうがレティで、一つ目のほうがシャロン」

リュカの紹介を受け、ノーブリュードが姿勢を正した。レティとシャロンも、やや余所《よそ》行きの振る舞いに立ち姿を変える。

「れ、レティや。以後お見知り置きを」

「シャロンですわ。ふふ、よろしくお願いいたしますね」

まだ少しびくびくしているレティを見て、ノーブリュードは最大限の敬意を払って礼をした。

リュカの友人と聞き、嫌われてはまずいと赤龍は幼心に察する。

「我が名はドラグ・ノーブリュード。誇り高き飛龍が一族にして……」

「あ、ノブくん。それ長いからいいよ。リュカの彼氏のノブくんだよー。ドラゴンやってるのー」

誇り高き一族の口上をばっさりと切られ、ノーブリュードが切なそうに喉を鳴らす。

それを見たレティが、そんなに怖い人ではなさそうだとシャロンの背後から身体を出した。

「……まじでドラゴンか」

レティは身の丈を優に超えるノーブリュードを見上げた。

シャロンは龍種を見たことがあるのか、レティの反応を微笑ましく眺めている。

「ノブくん！　二人も背中に乗せてあげてよ！」

「承知した。雲も彼方《かなた》に置き去りにして、世界すら一周してみせよう」

リュカにいいところを見せようと張り切るノーブリュードに、レティが「いや、安全運転でお願いします」と頭を下げた。

◆　◆

「おや。暗くなってきたね」

龍の背に乗ってリュカ達が大空を飛び回っている頃、アイジャは一人夕方の街を歩いていた。

気になっていた探し物を古書店で見つけ、機嫌よく帰路についていたアイジャは、ふと、火の灯っていない街灯があることに気づき、きょとんと見上げる。

普段ならばすべての街灯が輝き、道を明るく照らしているはずだ。

振り返ってみると、アイジャが通ってきた道の街灯もほとんどついていない。

「……ふぅん」

街灯が壊れたのかとも考えたが、それにしては数が多すぎる。いくつかの街灯はいつもと変わらずに輝いているが、あれだけでは夜の街を照らすには不十分だ。せいぜい、人影が見える程度だろう。

興味深く街灯を見やりながら、アイジャはひとまずしっぽ亭への歩を進める。

その途中、露店から漂ってくる唐揚げとガガイモフライの匂いがアイジャの鼻と腹を刺激したが、それならば恭一郎に作ってもらおうと思い、アイジャは愛しい男の待つねぐらへと足を速めるのだった。

◆　◆

「えっ、獅子神さまに？」

とあるしっぽ亭の定休日、恭一郎が朝食をとっていると、リュカが不安そうな顔で相談してきた。

「うん。ノブくんさ、今は祠山《ほこらやま》にいるんだけど。挨拶とかしたほうがいいんじゃないかなって」

どうも、リュカはノーブリュードが祠山《ほこらやま》に居を構えるのが心配なようだ。

祠山《ほこらやま》といえば、エルダニアの土地神である獅子神が奉《まつ》られている霊山である。確かに、そんな場所にドラゴンが巣を作るのは問題がありそうだ。

「別に怒られたとかじゃないんだけどさ。言っておいたほうがいいと思うんだよね。ご近所さんだし」

土地神のことを『ご近所さん』と言うリュカに、恭一郎は苦笑いをしてしまう。しかし、それも仕方ないのかもしれない。恭一郎たちは元土地神のヒョウカと同居しているから、リュカは土地神を身近に思っているのだろう。

祭りでの獅子神の荘厳な姿を思い出し、恭一郎はふむと顎《あご》に手を当てた。

「獅子神さまなら問題ないと思うけど、行ってみようか。……貢《みつ》ぎ物とかいるのかな」

正直、獅子神が食事をとるのかすらよく分からない。どうしたものかと恭一郎が考え込んでいると、頼もしい人物の足音が階段から聞こえてきた。

「ふぁぁ、どうしたんだい？　朝っぱらから難しい顔して」

眠そうな目を擦《こす》りながら下りてきたアイジャに、恭一郎はひとまず水の入ったグラスを差し出すのだった。

「獅子神に挨拶ねぇ」

電子タバコの煙を吐き出しながら、アイジャは愉快そうな目をリュカに向けた。

「いいんじゃないかい？　新しく村を作ったりするときなんかは、わざわざ土地神を迎える祭りをするくらいだ。お山に巣作りするってんなら、一言断っておいたほうがいいさね」

アイジャの言葉に、リュカが嬉しそうに頷く。大きな尻尾が揺れているのを見ながら、アイジャは説明を続けた。

「ヒョウカも連れて行こう。どっちかというと、ノブよりあの子のほうが問題ありそうだ」

「あっ、確かに」

アイジャに言われ、恭一郎が思わず声を上げる。考えたことすらなかったが、別の土地神が治めている土地で生活しているのだ。土地神の性格次第では喧嘩になってもおかしくない。

「まぁ、あの獅子神なら大丈夫だよ。あたしも同行するし、変なことにはならんさ」

「そうですね。なら、昼にでも出かけましょうか」

決まりだと、恭一郎は頷いた。ひとまずメオに話をしようと思い、恭一郎は店の入り口に目を向ける。今の時間なら、メオは店の前の掃き掃除をしているはずだ。

恭一郎が椅子から腰を上げる。店の入り口に身体を向けたところで、しかし恭一郎は耳に入ってきた音に顔をしかめた。

「なんだか外が騒がしいですね」

店の外から何やらどよめきが聞こえてくる。アイジャと顔を見合わせて、恭一郎は首を傾げた。

「ふにゃあああッ!?」

そのときだ。店の外からメオの叫び声が聞こえ、ぎょっと恭一郎の目が見開かれる。

「め、メオさんっ!?　大丈夫ですかっ!?」

走り出した恭一郎が入り口の扉を開け、店先で腰を抜かしているメオに駆け寄った。震えながらメオが見上げている視線の先に顔を向けて、恭一郎も思わず身体を固めてしまう。

「おいおい、何があったんだい……って、うおっ!?」

出てきたアイジャまでが、驚きで口を開けた。

そのまま、三人は呆然と視線の先の存在を見つめる。

堂々とした佇《たたず》まいの体躯《たいく》。青い炎のように燃えさかる鬣《たてがみ》に、黄金の牙。輝くエメラルドの瞳で、獅子神はしっぽ亭の面々を見下ろしていた。

「な、何で獅子神さまが……？」

慌てるメオは、軽いパニックに陥ったように恭一郎の袖《そで》を引っ張る。

街の人々も遠巻きに獅子神を見上げ、固唾《かたず》を呑んで恭一郎たちを見守っていた。

獅子神が祭りのとき以外に祠山《ほこらやま》を出るなど、通常では考えられない。しかしメオは、そういえば祖父が昔、とんでもない嵐がやってきたときに、獅子神さまが街に来て守ってくれたと話していたのを思い出す。

けれど、明らかに自分たちを見つめている獅子神の視線に、メオはびくびくと恭一郎の陰に隠れた。

《そう怖がるでない、ミャオ族の少女よ》

空気を振るわせて出す音ではない、頭に直接語りかけてくるような獅子神の声に、メオが恐る恐る顔を上げる。

獅子神は害をなす存在ではないとはいえ、紛《まご》うことなき神様だ。恭一郎も、渇いたのどを鳴らして獅子神の声に心を傾けた。

そして獅子神が次に語りかけてきた言葉に、恭一郎の心臓がどきりと跳ねる。

《この場所に、雪山の神がいるはずだ》

エメラルドの瞳が、恭一郎たちを射抜く。誰のことを言っているかは明白だ。思い当たるのはヒョウカしかいない。

それと同時に、ヒョウカは本当に土地神だったんだという実感が、恭一郎の胸に湧《わ》いてきた。

アイジャすら唇を固く結んでいるなか、恭一郎は大切な仲間のために声を振り絞る。

「あ、あの。すみません。うちのヒョウカが、何か？」

姿勢を正し、力強い視線で獅子神を見つめた。そんな恭一郎を、獅子神は興味深そうに見下ろす。

獅子神が何かを語ろうとした瞬間、しっぽ亭の扉が勢いよく音を立てて開いた。

「ひょ、ヒョウカ⁉」

見ると、ヒョウカが猛スピードで駆けてきている。彼女にしては珍しい慌てようで、恭一郎は近寄ってきたヒョウカをぽかんと眺めた。

「ゴシュジン。オキャクサン。ヒョウカノ」

真剣な表情で、ヒョウカは恭一郎に言う。恭一郎はとりあえず頷いて、そしてヒョウカの右手の袋に目をやった。

白い布袋。恭一郎が、ヒョウカの給金や貢《みつ》ぎ物を入れるように渡したものだ。

ヒョウカが土地神であることは秘密だが、暑い夏を冷気で快適にするヒョウカはお客さんから「女神」と呼ばれ、お客さんから貰った物を「貢《みつ》ぎ物」と言っていた。

布袋から、ヒョウカはその貢《みつ》ぎ物を取り出す。

「干物？」

あれは、ヒョウカが常連からよく貰っている魚の干物だ。大事そうに金貨や宝石と一緒に仕舞っているのを、恭一郎も見たことがある。

皆がぽかんとした表情で見つめるなか、ヒョウカは干物を思い切り口に放り込んだ。ガツガツと一心不乱に、干物を口の中いっぱいに頬張っていく。

「ヒョウカ？」

「モグモグ。ヒョウカ、ヘンシン」

ごくんとヒョウカの喉が鳴り、咀嚼《そしゃく》した干物がヒョウカの食道を通過した。

そのときである。ヒョウカの身体が、青い閃光に包まれた。

「……ふぅ。お久しぶりですね、ご主人様」

目も眩《くら》むほどの光。それが消え、恭一郎が目を開けた頃には、懐かしい水色の長身の女性が優しげな微笑みとともに顕現していた。

「ヒョウカ!?　戻ってるっ!?」

「えっ!?　ヒョウカちゃん!?」

恭一郎の言葉を聞き、ヒョウカのこの姿を知らないメオが、心底驚いたようにヒョウカを見つめる。

恭一郎は息を呑んだ。美しかったからだ。以前見たときよりも、数段神聖な姿で獅子神を見上げているヒョウカに、恭一郎は見とれていた。

恭一郎を超えるであろう長身。そして、氷で編まれた流麗な衣と、六つの大きな氷の翼。おそらく、これがヒョウカの真の姿なのだと、直感で理解した。

「お会いできて光栄です。獅子神さま」

《此方《こちら》こそ礼を言おう。雪と氷の神よ。……他の神と会話するなど、数百年ぶりだ》

柔和に挨拶を交わすヒョウカに、獅子神は好意的に笑みを浮かべた。

《街の地脈を安定させていたのは貴女だな？》

「大したことはしていませんわ。少しだけ、ご主人様の周りの人々に安心を与えようとしただけ」

《……主人だと？》

獅子神の眉が寄る。その様子に、ヒョウカはにこりと笑ってみせた。

「はいっ。この方が、我の敬愛するご主人様です」

ヒョウカが、がしぃと恭一郎の腕を抱きしめる。大人バージョンで豊満になった胸に腕を包み込まれ、恭一郎は焦って声を上げた。

「ちょっ。ひょ、ヒョウカっ⁉」

「いいじゃないですか。会える時間は限られてるんですから。……ふふ。我も少しくらい、アピールしなければなりません」

ちらりと、ヒョウカはアイジャとメオの方へ視線を向けた。その先には、あまりの驚きで固まっている二人の姿がある。

「ちょ、ちょっと‼　ど、どういうことですか恭さんっ‼　何ですかこの、ムチムチのバインバインはっ⁉」

「お前さん、驚いてないってことは知ってたね？　どういうことさね」

はっと、我に返ったメオとアイジャが詰め寄ってくる。恭一郎は、慌てて両手を前に出した。

「ひゃあっ！　ま、待ってください二人ともっ！　い、今はそんな場合じゃっ‼」

三人の女性に引っ張られ、泣きそうな声を出している人間を見下ろしながら、獅子神は思わず口元を緩める。

《長く生きてみるものだ》

笑うのなど、いつ以来だろう。異世界からの奇妙な来訪者を、獅子神は愉快そうに見下ろすのだった。

「そ、それじゃあ、ヒョウカが店にいても問題ないんですね？」

数分後、恭一郎はほっとしたように胸をなで下ろして獅子神を見上げていた。

《無論だ。むしろ、礼を言いに来たのだからな》

そう言って、獅子神はヒョウカへ視線を向ける。

ヒョウカはびっくりしたように見つめているリュカに微笑むと、ゆっくり獅子神を振り返った。

ヒョウカの眼差しに、獅子神の鬣《たてがみ》が輝きを増す。

《――長く生きた。我が力も全盛期ほどではない。街への神力の供給、感謝する》

「ふふ、我のような若神の力でよければ」

文字通り女神のように微笑むヒョウカに獅子神は頷き、用は済んだと背を向ける。

その背中に向かい、リュカが大きな口で声を上げた。

「し、獅子神さまっ！」

氏子《うじこ》に引き止められ、獅子神がゆっくりと振り返る。緊張した面持ちで、リュカはノーブリュードのことを口にした。

「ノブくん……リュカの彼氏のドラゴンが、祠山《ほこらやま》に巣を作ってるの。大丈夫ですか？」

震える声だが、その眼差しは力強い。ぐっと握りしめられた両の手を見て、獅子神は目を細めた。

《自由に使うがいい。そもそも、山も街も、我が所有物ではないのだから》

その言葉を受け、リュカの顔が光り輝く。

太っ腹な土地神さまの背中を見送り、一同は疲れたようにへたり込んだ。

「き、緊張したぁ」

誰よりも先にこぼれた恭一郎の呟きに、メオとアイジャが同感だと頷くのだった。

◆　◆

「にゃむむむ」

じとりと、細くなったメオの目が正面を見据えていた。

「ふふ、ご主人様。会いたかったです」

「ちょ、ヒョウカ。当たって」

メオの視線の先では、赤面した恭一郎の腕をヒョウカがぎゅっと抱きしめていた。

そう、ヒョウカが、である。

「ゆ、由々《ゆゆ》しき事態ですよ、これは……」

メオはがくがくと震えながら、ヒョウカの身体を観察した。

恭一郎を超えるほどの長身。氷で作られたドレスは、かなり露出が多い。

ドレスの間からのぞくヒョウカの身体のラインに、メオは今一度うち震えた。

「ば、バインバインじゃないですか。あんなのダメです。反則です」

「そうかい？　そうでもないだろ」

両手で頬を押しつぶしているメオの背後から、アイジャが呆れ顔を登場させた。電子タバコを摘み、ふぃーっとピンク色の煙を宙に吐く。

「アイジャさん。貴女《あなた》は今、全世界の女性を敵に回しましたよ？」

「大げさな」

睨《にら》むメオを、アイジャは呑気《のんき》に見下ろした。

余裕のアイジャの表情に、メオはぐぬぬぬと拳を握る。

「おっぱいお化けのアイジャさんには分かりませんよ。この、持たざる者の悲痛な思いは」

そう言いながら、メオは切ない眼差しを恭一郎に向ける。ヒョウカと話せて楽しそうだ。様子から察するに、恭一郎は前々からこの姿のヒョウカを知っていたのだろう。

「ご主人様。糸くずが付いていますわ」

「え？　あっ、ありがとうヒョウカ。気づかなかった」

照れたように恭一郎が頬を掻く。メオは悔しくてエプロンを噛《か》みしめた。何とも嬉しそうな恭一郎の顔。心なしか鼻の下が伸びてしまっている。

「ふふふ、いえいえ。これも従者の嗜《たしな》みです」

「従者？」

ヒョウカのにこやかな顔に、恭一郎がきょとんとして首を傾げた。

メオもエプロンを口から放し、不思議に思ってヒョウカを見つめる。

「はい。ご主人様は我のことを奴隷ではないと仰《おっしゃ》るでしょうが、我《われ》がご主人様の所有物であることに変わりはありません。なにせ、我の自由の代償を立て替えていただいているのですから」

呆気にとられている恭一郎に、ヒョウカは「当然です」と胸を張った。

ヒョウカはもともと、恭一郎が働くホテルの宿泊客の奴隷だった。しかし、客に虐《しいた》げられていたため、見かねた恭一郎が客からヒョウカを買い取り、しっぽ亭に連れて来たのだ。

ヒョウカはくすくすと笑いながら恭一郎の首元に顔を近づける。

「ゆえに、従者なのです。我は別にご主人様の奴隷でも構わないのですが。ふふ、何をしてくださってもよいのですよ？　ご命令とあれば、何だって……」

「って、ちょ、ちょっと待つですぅううううっ!!」

ヒョウカの唇が恭一郎の耳元まで上がってきたあたりで、メオが声を上げて飛び込んだ。割って入られたヒョウカが、あらとメオを見つめる。

「ドウシタ、テンチョー？」

「どうしたもこうしたもないですぅううっ!!　小さいヒョウカちゃんの真似をしても、私は騙《だま》されませんからねっ!!」

尻尾をぱんぱんに膨らませながら、メオがぐるるると喉を鳴らした。お怒りの様子に、ヒョウカがくすりと笑みを浮かべる。

「……うぅ。調子が狂いますぅ。ほんとにヒョウカちゃんなんですか？」

「俺もそう思う」

メオの呟きに、恭一郎も頬を掻きながら同意した。大人版のヒョウカの性格には、恭一郎も困惑しているのだ。

何かと悪戯《いたずら》好きな女神様は、メオの表情を満足そうに眺めていた。

「ところでヒョウカ、その身体は？」

にこやかなヒョウカに、恭一郎は気になっていたことを聞いてみた。ヒョウカが変身してから三十分ほど。以前、この姿に戻るのは大変だと言っていたのは、彼女自身だ。

「常連の皆さんのおかげです。小さな我への、温かな信仰心。小さな我はそれをせっせと蓄えていました」

「蓄えてたって……魚の干物に？」

胸に手を置くヒョウカに、恭一郎は驚いて問いかける。ヒョウカが頷き、恭一郎は見開いた目を干物に向けた。

考えてみれば、保存もきいて持ち運びにも便利な干物は、信仰心を溜めるのに適しているのかもしれない。力を使いたいときは、先ほどのように食べてしまえばいいのだ。

「この地を治める土地神との謁見《えっけん》です。粗相《そそう》のないようにと、今持てる全ての力で臨みましたが。何もなくてよかった」

安堵の表情を浮かべるヒョウカに、恭一郎もつられて胸をなで下ろす。そして、ほっと息を吐くヒョウカを、恭一郎はマジマジと見つめた。

氷の翼に、漂う冷気。今のヒョウカは、近寄るだけで少し涼しい。神々しさを感じるヒョウカの姿に、思わず恭一郎は口を開いた。

「けど、やっぱりすごいね、ヒョウカは。氷の女神様って感じだ」

恭一郎の言葉を聞き、一同がきょとんと顔を見合わせる。感じも何も、正真正銘の女神様である。

しかしヒョウカは恭一郎に褒められ、照れたようにはにかんだ。

「いえ、我などは特に格が高い土地神ではありません。全盛期でさえ、純粋な力ではアイジャ様に遠く及ばないでしょう」

そう言われて、恭一郎とリュカがアイジャを見つめた。アイジャが強い魔法使いだというのは知っているが、土地神に自分より強いと言われては、やはり驚くほかない。

アイジャ本人は、複雑そうな表情でヒョウカの言葉を聞いていた。

「まぁ、殺し合いをすれば……って話さね。あたしには、とてもじゃないが自然を治めることはできないよ」

切なそうに笑うアイジャを見て、ヒョウカがあっと口を手で覆った。それに構いやしないさと首を振り、アイジャは電子タバコを咥《くわ》える。

「……で、その姿にはいつでも戻れるのかい？」

「いえ、そういうわけではありません。今回は備蓄を使ったので特別です。また溜めるのに、どれだけかかるか。この姿も、もう限界でしょう」

悲しげなヒョウカの表情に、メオが目を見開いた。事情を知らなかったとはいえ、酷いことを言ってしまった。そのことに気づき、メオの耳が垂れる。

ヒョウカはそれでも柔和に笑った。

「ふふ、店長さんはやはり可愛らしいですね。いいのですよ。ご主人様への求愛は、小さな我に任せているので」

そう微笑むヒョウカの身体が、淡い光に包まれ始める。思ったよりも早い終わりに、瞼《まぶた》を重くするヒョウカが、残念ですと小さく呟いた。

「皆様と話せて、楽しい時を過ごせました。……小さな我を、よろしくお願いいたします」

最後にゆっくりと頭を下げて、ヒョウカは眠るように目を閉じた。

光が収まると、恭一郎の前にはうとうとと頭を揺らす、いつものヒョウカが座っている。

裸で船をこいでいるヒョウカは、何か楽しい夢でも見ているように笑っていた。

◆　◆

「ぎゃふふーん」

しっぽ亭の定休日。恭一郎が二階からキッチンに下りると、リュカが鼻歌交じりに何かをごそごそ作っていた。手元を見るに、どうやらサンドイッチのようだ。

「おはようリュカちゃん。早いね」

まだ眠い瞼《まぶた》をこすりながら、恭一郎は朝の挨拶をリュカに送る。恭一郎に気がついたリュカが、笑って振り返った。

「おはようキョーにいちゃん！　へへー、おべんと作ったんだ」

「へぇ。すごいじゃないか。ノブくんにかい？」

おうともよと、リュカは小さな胸を張る。

中身はどうやらハムとテーズらしい。しっぽ亭でも、一番人気の組み合わせだ。

ただ、あの巨大なドラゴンには量が少なすぎる気もする。けれども、一生懸命に具材をポアンで挟んでいるリュカを見ていると、やはり口出ししづらい。

最初は色々と戸惑ったものの、清らかな交際をしてくれるのであればいいかと、恭一郎には思えてきた。実際、そういう意味では、あの赤龍は大変プラトニックな良い相手である。

「リュカちゃん。これに入れて持って行きなよ。包み紙だけじゃ大変だろうから」

台所の隅で野菜入れになっていたバスケットを、恭一郎はリュカに手渡した。それまで入っていた品々がカウンターの上に並べられるが、今日は定休日だし別に構いやしないだろう。

「ありがとうキョーにいちゃん！　ぎゃふふ。今日はデートなのだ。ノブくんが海まで飛んでくれるんだってー」

「へぇ。海まで……って、隣町までっ!?」

恭一郎は考え事をしながら生返事をしたのだが、すぐにリュカの話の異常さにびっくりして振り向いてしまった。

「うん。ノブくんね、すごいの。びゅーんって。いつもね、祠山《ほこらやま》から一分くらいで学校までむかえに来てくれるんだよ」

「い、一分って……」

恭一郎は驚愕《きょうがく》する。なんかもう、飛行機のようなものじゃないかと冷や汗を流した。

そういえば、龍種が一匹いるだけで大戦中は空を制することができたと、アイジャが以前に話していたのを思い出す。それを悉《ことごと》く撃墜していたのがアイジャなわけだが、別に大戦中じゃなくとも、空路は凄まじく有用性の高いものだろう。

「……リュカちゃん、お小遣いあげるよ」

「はいはいお土産ね。だいじょうぶ、海の幸たくさん買ってきてあげる」

にたりと笑うリュカに、できた娘だと恭一郎も笑い返した。

「じゃあ、いってきまーっす!!」

バスケットを手に取って、リュカが勢いよく駆け出す。ぶんぶんと振り回しているから、おそらく中のサンドイッチはぐちゃぐちゃだろう。あちゃあと額に手を当てながら、恭一郎は玄関を出て行くリュカを見送った。

「って、あれ？　リュカちゃん、迎えに来てもらえばいいじゃない」

リュカの背中を見ているうちに、ふとそんな疑問が恭一郎の口から出てきた。

それを聞いたリュカが、ブレーキをかけて立ち止まる。やれやれだぜと、両手でアクションを取りながら恭一郎の方を振り向いた。

「女心が分かってないなぁ、キョーにいちゃん。デートの待ち合わせ場所にわくわくしながら行くのも、乙女《おとめ》の楽しみの一つなんだよ」

呆れたようにそう言って、リュカは再び尻尾を振りながら駆け出した。ミニスカートがふりふりと揺れ、健康的な太股が露《あらわ》になる。

そんなリュカを見送りながら、恭一郎は密《ひそ》かにショックで固まっていた。

「お、女心って……」

自分の至らなさをズバリと指摘されて、恭一郎は肩を落とす。確かに、日本にいた頃から散々言われてきた言葉だ。

「あー。確かに。ちょっと恭さん、分かってないとこありますよね」

「え!?」

いつの間にいたのか、背後で洗濯かごを持ったメオが軽く頷く。

恭一郎は、ちらりと舌を出すメオに情けない顔を見せた。


「今日はせっかくのお休みですし、私たちもどこか行きませんか?」

「ヒョウカ。アツイトコ。イヤ」

「リュカ助は生意気にも海だろ? どこ行くよ」

しっぽ亭の客席で、女衆が休みの計画を話し合っている。

そんな三人をよそに、女心の分からない恭一郎は一人で黙々と石窯の火を見つめていた。アイジャの朝ご飯用のピッツアだが、どこかに出かけるならそんなに沢山食べるのはよくないかもしれない。

「そういえば、俺とヒョウカは、街の外どころか中すらろくに知らないんですよね」

焼き上がったピッツアをテーブルに運ぶと、恭一郎は椅子に座るヒョウカの頭を撫《な》でた。それを聞いたメオが、確かにと猫口を緩ませる。

「そんなこと言ったら、あたしだってそうさ。無駄にでかいからね、この街は」

「私ですら、入ったことない区域がありますもん。お金持ち用の居住区とかありますし」

へぇと、恭一郎は漏らす。そう考えると、恭一郎の職場のグランドシャロンは、お金持ち向けの地区に建っていると言えるだろう。道行く人たちも、良いものを身につけている。

「お前さんのよしみで、グランドシャロンのスイートとか泊まれないのかい？」

「勘弁してくださいよ」

スイートルームが酒臭くなっているのを思い浮かべて、恭一郎の背筋に薄ら寒いものが走る。始末書どころの騒ぎではない。ぴきぴきと青筋を立てるシャロンの顔が容易に想像できて、恭一郎は乾いた笑いをこぼした。

そのまま、うーんと女性陣は頭を捻《ひね》る。

「そうですねぇ。どこかいいとこ……」

「アイス。ツクロ」

「あたし考えたんだけどさ、唐揚げ食いながら芋のフライ食べるの最高じゃないかい？」

恭一郎は悟った。あ、これは家から出ない流れだと。

◆　◆

「ぎゃうぅ……」

山の中で、リュカはすっかり落ち込んでいた。

その理由は簡単。目の前のぐちゃぐちゃになったサンドイッチだ。気分に任せて腕を振って走ってきたものだから、すっかり中の具が飛び出してしまっている。

「ごめんねノブくん。……食べなくていいよ」

少し涙目になりながら、リュカは悲しい思いでバスケットを仕舞い込む。朝早く起きて頑張って作ったものだが、これを彼氏に食べさせるわけにはいかない。

肩を落とすリュカを見て、ノーブリュードは首を傾げた。

「何故である？　美味《うま》そうな匂いではないか。余のために我が君がこしらえたのであろう。ほれ、口に入れるがいい」

赤龍はがばりと口を開けた。猪《いのしし》さえ丸呑みにしそうな大口が、嬉しさと期待を伴ってリュカのサンドイッチを待っている。

意外なことを言われたリュカは、ぽかんとノーブリュードを見つめた。

どうした、早く入れるがいいと、ノーブリュードは不思議そうにリュカを見下ろす。

その瞳に、リュカは何だか胸が高鳴るのを感じた。恥ずかしいような嬉しいような、感じたことのない鼓動だ。

「ぎゃ、ぎゃううう!!」

湧《わ》き上がる感情を誤魔化《ごまか》すように、リュカはバスケットをノーブリュードに向かって放り投げた。思い切りだ。

それを、ノーブリュードがパクリと口でキャッチする。

「……あっ」

思わず投げてしまったバスケットの行方に、リュカがしまったと思った時には遅かった。リュカの目の前で、ノーブリュードがばきばきと音を立ててサンドイッチ入りのバスケットを咀嚼《そしゃく》する。

「ふむぅ。これはなかなか。歯ごたえもよし。味も、ほのかに肉の風味が……」

ノーブリュードはボリボリとバスケットの木の繊維を噛《か》み砕いていく。その様子を、リュカはあんぐりと口を開けて見守っていた。

「の、ノブくん。……だ、だいじょうぶなの？」

「ん？　おお、美味であるぞ。なかなか面白い食感であった」

ごくりと、ノーブリュードの喉が鳴る。全て平らげてしまったようで、ノーブリュードは初めての彼女の手料理に、満足したように笑みを浮かべた。

「我が君は料理も上手いのだな。余は幸せ者である」

そんな風に目を細める赤龍を見て、リュカはぺたんと尻餅をついた。

リュカの口から、自然と笑い声が上がる。

「あはははっ‼　の、ノブくんっ、あはははははっ‼」

リュカが笑っている意味が分からずに、ノーブリュードは再び不思議そうに首を捻《ひね》るのだった。

3　猫の居ぬまに……

店内で騒いでいる客達の目を避けるように、ねこのしっぽ亭のカウンター席で乾物屋が声をひそめて呼びかけた。

「キョーちゃん、キョーちゃん」

石窯を見ていた恭一郎は、何だろうと思って振り返る。

乾物屋が人指し指を口の前に出して、真剣な眼差しでこちらを見ていた。

「どうしました？」

乾物屋といつも一緒に飲んでいる虎の獣人のタイザは、今は一人のようだ。つまり、乾物屋は自分にだけ何か内緒の用事があるということである。

少し身を屈めて近づいてきた恭一郎に、乾物屋は握りしめていた右手を開いた。

「……何ですこれ？」

乾物屋の右手には、小さな布袋。手のひらに収まってしまうくらいのその袋を、乾物屋は恭一郎に手渡した。

「キョーちゃんにはお世話になってるからさ。それあげるよ。たまたま仕入れられたんだ」

周りを気にしている乾物屋を見て、恭一郎の眉が寄る。怪しいものじゃないだろうなと、恭一郎は小袋の口をゆっくり開いた。

「……何ですこれ？」

先ほどと全く一緒の問いかけ。中身は、何やら木くずを細かく砕いたようなものだった。ふんわりといい香りがするが、お香か何かだろうか。

恭一郎の質問に、乾物屋の顔がにやりと歪《ゆが》む。そして、乾物屋は恭一郎に耳打ちした。

「ヌタタビの粉だよ。貴重品だけど、キョーちゃんにあげるなら全く構わないからさ。日頃のお礼だと思って貰っておくれよ」

にししと微笑む乾物屋に、恭一郎もありがとうございますと言って頭を下げる。何だかよく分からないが、日頃のお礼と言われて悪い気はしない。

「ところでこれ、どうやって使うんですか？」

「えっ？　知らないのかい？」

驚いたように乾物屋から聞き返された。そんなことを言われても、恭一郎にはヌタタビが食べ物かどうかすら判断できない。

乾物屋は、恭一郎が妙なところでものを知らないことを思い出し、悪巧みをする子供みたいに、さらに声をひそめた。

「ごめんごめん。メオちゃんがいるから、てっきり知ってると。……ヌタタビの粉はね、ネコ科の亜人にだけ効く媚薬《びやく》だよ」

「ぶッ⁉」

乾物屋の説明を聞き、思わず恭一郎が噴き出した。唖然《あぜん》とした顔で改めて小袋を見る恭一郎に、乾物屋は得意げに笑みを浮かべる。

「まぁ媚薬《びやく》って言っても、そんな大層なもんじゃないから心配しなくていいよ。それメオちゃんに嗅《か》がせたらさ、きっといいムードになれると思うから、頑張って」

そう言うと、乾物屋は晴れ晴れとした表情でカウンターを後にする。

恭一郎はどうしようと手のひらの上の小袋を見つめるのだった。


「ど、どうしよう……」

夜営業も終わった深夜、恭一郎は自室にこもり、机の上を真剣な眼差しで見つめていた。

そこには、乾物屋から貰ったヌタタビの粉。

「匂いは、普通だよなぁ」

くんくんと嗅《か》いでみるが、人間の恭一郎にはよく分からない。鰹節《かつお》のような、木くずのような、どこかのスパイスのような、不思議な匂いだ。

「要はマタタビみたいなもんか」

ネコ科に効くと言っていたから、間違いないだろう。

さてどうするか。恭一郎は腕を組んで袋を見つめた。

正直言えば、すごく使ってみたい。

メオといい雰囲気になりたいというのは勿論《もちろん》だが、これを嗅《か》がせたメオがどんな感じになってしまうのか、気になって仕方がないのだ。

「乾物屋さんも大したことはないって言ってたしなぁ」

媚薬《びやく》といっても、ファンタジー漫画にありがちなムフフなものではないだろう。気分を高めるための、アロマ香料といった類《たぐい》に違いないと結論づけ、恭一郎はヌタタビの粉を摘み上げる。

「んー、どうするか」

使うにしても、どこで使うかだ。貴重品だと言っていたし、どうせなら有効に使いたい。

しかし、そこで恭一郎に妙案が閃《ひらめ》いた。

「……いっそのこと、メオさんにプレゼントするか」

乾物屋の口振りからすると、ヌタタビの粉はネコ科の亜人にとっては珍しい高級品だろう。ならば、メオも喜んでくれるはずだ。

変な使い方をして浪費しても勿体《もったい》ない。恭一郎はよしと頷いた。

「ゴシュジン。ソレナニ？」

不意に、恭一郎の袖《そで》が、くいくいと引っ張られる。振り返れば、ヒョウカが不思議そうに小袋を見つめていた。

「んー、これかい？　メオさんにあげようと思ってるんだ」

「テンチョー。プレゼント？」

「そうそう」

ヒョウカの頭をよしよしと撫《な》でて、恭一郎は小袋を机の引き出しに仕舞った。

今日はもう遅い。明日、仕事から帰ってきたら渡そうと思い、眠そうなヒョウカを持ち上げる。

「ゴシュジン。ネヨ。イッショニ」

「そうだね。そろそろ寝ようか」

最近はやけに蒸し暑い。ひんやりと冷たいヒョウカを抱き抱えながら、恭一郎はベッドに向かって歩き出した。

◆

◆

次の日、恭一郎の部屋に嬉しそうなメオの声が響いていた。

「にゃふふふーん。今日は恭さん早上がりぃ」

鼻歌を奏でながら、メオはハタキで窓の埃《ほこり》を落としていく。夜営業も休みにしているし、今日は久しぶりにお出かけしようかしらと、メオは尻尾を機嫌良く左右に振った。

「テンチョー。テンチョー」

「ふにゃ？　どうしたのヒョウカちゃん」

ご機嫌なメオの尻尾を、ヒョウカがむんずと掴《つか》んで止める。

メオはくりっとした瞳を傍《かたわ》らのヒョウカに向けた。そしてヒョウカの手のひらに置かれた小袋に気づき、首を傾げる。

「テンチョー。ヤル」

「えっ、くれるんですか？」

差し出された小袋を、メオは驚きつつも受け取った。

ヒョウカからこうして物を貰うことはよくあるが、むき出しの干物や木の実と違って、これはきちんと包装されたプレゼントである。

メオの不思議そうな顔を見て、ヒョウカが得意げにありもしない胸を張り上げた。

「ソレ。ゴシュジンカラ。テンチョーニ」

「恭さんから？　にゃふふ、ヒョウカちゃんに頼むなんて、恭さんもシャイなとこありますねぇ」

恭一郎からと言われ、メオの顔が輝きを増す。何だろうと期待して、メオは小袋の紐をゆっくりと緩めた。しかし、中から出てきた木くずのようなものを見ると、メオの眉が寄っていく。

「……ほんとに何だろこれ。あっ、でもいい匂いする」

くんくんと、メオは中の空気を吸い込んだ。ふんわりとした、とんでもなくいい匂いを嗅《か》いで、メオは頬を赤く染めた。

匂い袋だろうか。上流のお嬢様の間では流行《はや》っているらしいが、当然メオは持っていない。

「いい匂いですねぇ。にゃふふ、首から下げておこっと」

そう言って、メオはエプロンから長い紐を取り出した。リュカの飴玉のネックレスを作ったときにも使った紐だが、これを袋につけて首にかけておけば、いつでも匂いを嗅《か》ぐことができる。

匂い袋を首から胸の中に突っ込んで、メオはむふふふと頬を緩ませた。

「今日はこの香りで恭さんを悩殺ですよぉ」

気合いを入れるメオを、ヒョウカはうむうむと見つめるのだった。


夕方、メオは自分の身体に疑問符を浮かべまくっていた。

「恭さん。恭さぁん」

何故かどうしようもないほどに身体が高ぶってしまい、自室に持ち込んだ恭一郎のシーツにくるまって、もぞもぞと腕を動かす。

恭一郎の匂いがいつも以上に脳に響く気がする。メオはごろごろとベッドの上を転がった。

「おかしいですぅ。発情期はまだ先なのに。……にゃふぅ」

シーツを抱きながら、メオは脚をすり合わせる。突然きた身体の疼《うず》きに、メオはどうしようとシーツを握りしめた。

とりあえず恭一郎の匂いを嗅《か》ぎながら、メオはむずむずと尻尾を立てる。何がどうなっているかは分からないが、ムラムラするのは仕方がない。

「うぅ。恭さん帰ってきちゃいますよぉ」

何とかしなければと思いつつ、メオはすりすりと顔をシーツに埋めるのだった。


「ただいま……って、ありゃ誰もいない」

ねこのしっぽ亭の入り口を開けたアイジャは、がらんとしている客席を見渡した。

今日は夜営業はないと言っていたが、それにしてもおかしい。

休業のときは机に椅子が上げられているはずだが、見たところ昼営業が終わってそのままといった感じである。

「妙だね」

珍しく朝から街に出ていたアイジャだが、見送ってくれたメオの様子に変なところはなかった。

机の拭き掃除は終わっているみたいだから、メオ自体はいるはずだがと、アイジャは厨房の奥のメオの部屋に歩を進める。

「おーいメオ、いるかい？　入るよ」

こんこんと部屋の扉をノックして、アイジャはメオの部屋の扉を開けた。

その瞬間、漂ってきた甘い匂い。アイジャは、うっと息を止める。

「あっ。アイジャさぁん。帰ってきたんですかぁ？」

「何やってんだい？」

ベッドの上でシーツを抱きしめているメオに、アイジャは呆れて目を細めた。しかし、立ち上がったメオの格好を見て、アイジャはひくりと頬を引きつらせる。

メオにしては乱れた格好だ。着崩して脚も肩も見えているメオを見て、アイジャはどういうことだと眉を寄せる。

「アイジャさぁん。こっち来てくださいよぉ」

「いいけど、どうしたんだい？　酒でも飲んだのかい」

アイジャは、手招きをしているメオに仕方なく近寄っていく。メオの首から下げられている小袋に目を留めて、アイジャは首をひねった。

小袋を覗《のぞ》き込んだ瞬間、メオの両手がアイジャの頭をがっしりと捕らえる。

「って、ちょっ。何すんだ……いッッ!?」

アイジャが驚いたのも束の間、アイジャの唇をメオの唇が塞《ふさ》いでいた。

目を見開くアイジャの身体が、一瞬だけ固まる。その隙にメオは、てーいとアイジャをベッドに押し倒した。

「おいっ、ちょっ!?　な、何がどうしてっ!?」

動転するアイジャの腕を、メオがにゃふふとベッドに押しつける。しまったと思ったときにはもう遅い。筋力で勝る亜人のメオのマウントは、アイジャといえども簡単には脱出できない。

「にゃふふふ。相変わらずおっぱい大きいですねぇ。こんなんで恭さん誘惑してるんだから悪い人ですぅ」

「はっ？　ちょっ、メオ。お前さん変だぞ……って、その小袋」

突然のメオの暴走に焦るアイジャの目に、先ほどの小袋が飛び込んできた。少し口が開いた袋の中身を確認して、アイジャの目が大きく見開かれる。

「お前さん、それヌタタビじゃないか。って、ちょ。や、やめっ」

「いいじゃないですかぁ。女同士ですしぃ。気にしない気にしない」

片手で両手首を押さえられながら、もう片方の手で胸をまさぐられ出したアイジャは、ビクンと身体を跳ねさせた。

事情は分かったが、このままではまずい。アイジャは身体を暴れさせる。

「にゃうぅ。柔らかくて羨ましいですぅ。このこのっ」

「あっ、ひんっ。って、ヌタタビにしても効きすぎじゃないかいっ!?」

ついにはセーラー服の中に進入してきたメオの手に、アイジャは必死に抵抗した。それでも、メオは興奮した瞳でアイジャの胸に進撃を続ける。

なおもじたばたと力を入れるアイジャに対し、メオは不満そうに唇を尖《とが》らせた。

「アイジャさん、私のこと嫌いなんですかぁ？」

「す、好きだけどっ。きょ、キョーイチローの次に好きだけどっ。ま、待って。心の準備がっ」

弱々しいアイジャの声を聞き、メオが満足そうに笑みを深める。アイジャの首筋をぺろりと舐《な》めて、メオはアイジャを抱きしめた。

「よかったですぅ。私も、恭さん来るまではアイジャさんが一番でしたからぁ」

「ちょっ。……う、嬉しいけど。しゃれに、しゃれにならんっ。ひんっ」

ごろごろと喉をならすメオに、アイジャは必死に首を振る。誰がヌタタビなんて渡したんだと思いながら、アイジャはげしげしとメオを蹴り上げた。

しかし、体勢が悪いのか、リミッターの外れているメオを遠ざけられない。何故か力の入らない身体に、アイジャはどきどきと鼓動を速くしていた。

恭一郎が来る前の、メオと二人だけのねこのしっぽ亭での生活が、アイジャの脳裏にちらりと過《よぎ》る。

「アイジャさぁん」

「あっ。メオ……ひ、んっ」

メオの手がアイジャの胸の先に届きそうになり……。

「って、それ以上はいろいろといかぁあん!!」

雷神の電撃が、二人だけの空間に炸裂した。

「……うぅ。頭がガンガンしますぅ。何か、とんでもないことがあったような」

頭を押さえてテーブルにうずくまるメオを、帰宅した恭一郎が心配そうに見つめていた。

「大丈夫ですか？　はい、お水です」

「にゃうぅ。ありがとうございますぅ」

二日酔いに似た気持ち悪さがメオを襲うが、メオには何がなんだか分からない。おぼろげな記憶を探ってみるが、昼を過ぎたあたりから自分が何をしていたか思い出せなかった。

「うぅ。アイジャさんと何かあったような気が」

「アイジャさんと？」

はてと首を傾げているメオに、恭一郎も目を向ける。ちらりと壁際を見れば、顔を真っ赤にしたアイジャがそっぽを向いて電子タバコを咥《くわ》えていた。

細く立ち昇ったピンク色の煙に隠れているアイジャの顔を、恭一郎はじぃと見つめる。

「何かあったんですか？」

「ないっ！」

アイジャに強く断言され、恭一郎はそれ以上の追及を諦める。ところどころ焦げてしまっているメオに視線を戻し、恭一郎は何があったんだろうと目を細めた。

「うぅ。アイジャさん、私なんかしてませんでしたぁ？」

「……してない」

真っ赤に顔を染めているアイジャを不思議そうに見やりながら、メオも恭一郎も、消えた記憶の時間におのおの思いを馳《は》せる。

アイジャの胸に大切に仕舞われた小袋の存在を、二人は知る由《よし》もない。


その日の夜。

「あれ。袋がない……」

ヌタタビの小袋が机の引き出しから消えていることに気づき、恭一郎は慌てて辺りを見回すのだった。

◆　◆

「じゃあ行ってきますね」

恭一郎は、テーブルを拭いているメオと、寂しそうに見送っているヒョウカに向かって小さく手を振った。いつも通り、グランドシャロンへの道を恭一郎は歩き出す。

「ゴシュジン。オシゴト」

ヒョウカは恭一郎の背中が見えなくなるまで見送ると、しょぼんとした様子で階段の方へ向かう。

毎度のことだが、今でも恭一郎が出かけるのは慣れない。

「ヒョウカちゃん。今日は何するの？」

「アソブ。ネル。ゴハン」

メオが気を利かせて声をかけるが、ヒョウカは端的に返答すると、とぼとぼと二階の恭一郎の部屋に戻っていった。

「にゃはは。相変わらずですねぇ」

そういえば、恭一郎がいない間ヒョウカが何をしているか全然知らないなと思い、メオは指を口に当てる。ご飯の時間には食堂に下りてくるが、夜の仕事を除けば恭一郎の部屋にこもりっぱなしだ。リュカがいるときは一緒に遊んでいるようだが、そうでないときのヒョウカの生態はしっぽ亭の謎の一つである。

「と、いけないいけない」

しかし、そんなメオの疑問は家事の忙しさにかき消されてしまったのだった。


「イチマイ。ニマイ。サンマイ。……タクサン」

部屋に帰ったヒョウカは、恭一郎から貰った布袋の中身をじゃらじゃらと床に広げていた。それを、種類ごとに一枚ずつ仕分けしていく。

「オオキイ。チイサイ。……キレイ」

硬貨と、常連客から貰った置物や装飾品などを、ヒョウカは次々に並べていった。

ようやく、硬貨に種類があることを理解しだしたヒョウカである。今では、大きいお金をくれたお客さんには、ちょっとだけ長く冷風を送ることも覚えた。

「イッパイ。オカネタクサン」

今や、中身の詰まった袋の数は三つ目になっていた。間違いなく一財産だ。この調子ならば、本当に奴隷の身分から解放されることも夢ではないのだが、それはヒョウカにとってはわりとどうでもよかった。

「……ツカレタ。オシマイ」

ヒョウカの日課は、この貢《みつ》ぎ物の確認である。当初は全部並べて楽しんでいたのだが、今では全部を確認するのは大変だ。ヒョウカは、仕方ないかと並べた中身を袋に戻し始めた。

最近、少しだけ退屈を覚えたヒョウカである。

本人は気がついていないが、恭一郎はヒョウカの感情が増えていることに日々喜びを感じていた。そんななか、この退屈という感情はヒョウカの生活を大きく変えたものの一つである。

「……ヒマ」

こうして、ぼーっと過ごし、ヒョウカの半日は過ぎていく。


「ゴシュジン。ヒョウカ。ヒマ」

夜、疲れた身体をベッドの上で伸ばす恭一郎に、ヒョウカが覆い被さった。

ぐふっと、恭一郎がたまらず声を上げる。

「お、重いよヒョウカ。どうしたの？　ひま？」

「ヒマ。ゴシュジン。イナイ」

　ばしばしと叩いてくるヒョウカを見ながら、恭一郎はなるほどと頷いた。毎日毎日よく硬貨を見つめてばかりいられるなと思っていたが、やはりヒョウカも飽きてしまったのだ。

　確かに、このしっぽ亭で土地神としての仕事があるわけではないから、自分がいないときは暇なのだろう。そう考えながら、恭一郎はヒョウカの頭を撫《な》でた。

「そっか。リュカちゃんも学校でいないもんね。……うーん、メオさんは忙しいしなぁ」

　メオは、店のことと家事で手一杯だ。ヒョウカの相手を頼むのは酷というものだろう。

　何かヒョウカが遊べるものがあればいいのだがと、恭一郎は頭をひねる。

　できれば、ヒョウカの教育にプラスになるものがいい。知的遊具なんてどうだろうと、恭一郎はデパートの玩具売場を思い浮かべた。

「……そうだ」

　恭一郎は、あれならば時間が潰せそうだぞと思いつき、腰を上げる。

「待っててねヒョウカ。いいもの作ってあげるから」

　そう言って恭一郎は、紙の束を取り出した。それを同じ大きさにせっせと切り分けていく。

　そういえば、これも偉大な発明だったなと、恭一郎は小さな紙に数字を書きながら思うのだった。

◆　◆

「何ですこれ？」

「ゴシュジン。ガンバッタ」

次の日、夜営業を終えたしっぽ亭の食堂にはいつもの面々が勢ぞろいしていた。

「ふふ。ヒョウカが暇そうなんで、作ってみました。せっかくだから、みんなでやりましょう」

言いながら、恭一郎が手元の紙束を交ぜ合わせる。硬めの材質でないせいか非常に切りにくいが、ここらへんは今後の課題だろう。

「トランプっていう、例によって俺の故郷のゲームです。これだけで、いろんな遊びが楽しめるんですよ」

恭一郎は、切った札を一枚ずつ皆に配っていく。

配られた札を手に取り、アイジャとリュカが興味深げに札に書かれているものを確認した。メオとヒョウカは、ぼうっと手元の札を眺めている。

「わぁ。たくさんですぅ」

「コレ。ヒョウカノ」

そんな様子に微笑みながら、配り終えた恭一郎は説明を始めた。

「このトランプには1～13までの数字と、四つのマーク。あと、ジョーカーのカードがありまして……」

最初にするゲームは決まっている。簡単で、子供でもできるあれである。

「……とまぁ、とりあえずこれがババヌキのルールですかね」

恭一郎の簡単な説明を聞いて、ふむとアイジャが頷いた。リュカは、少し考えて退屈そうな顔をする。

「かんぜんに運勝負じゃん。なんかリバーシに比べるとつまんない」

リュカの言葉に、恭一郎は苦笑する。まあ、確かに運によるところが大きいのだが、ババヌキはババヌキでいいものだ。特に、トランプを理解してもらうにはうってつけのゲームである。それを見抜いているのか、リュカもそれ以上は口に出さない。

「わぁ。なんか面白いカードがありますぅ。これがジョーカーかな」

きゃいきゃいと、手札を整理していたメオが楽しげな声を上げた。

その瞬間、隣でリュカがずっこける。

「リュカ助、ああいうのもいるんだから」

「ははは……」

恭一郎も、どう反応すればいいか分からずに手元の札を見つめていた。

「じゃあ、僕から引かせてもらいますね」

最初はルールを把握している恭一郎からということで、恭一郎はメオの持つ札に手を伸ばす。

「……へへへ」

札に指がかかった瞬間、メオは満面の笑みを浮かべた。まさかなと思い、恭一郎は隣の札に指をずらす。

「にゃうぅぅ」

惜しそうに、メオがしょんぼりと耳を垂らした。

思わず、恭一郎は噴き出しそうになってしまう。ここまで分かりやすいのはどうなんだろうと、メオのことが少々心配になった。


「あぅ、負けちゃいましたぁ」

結局、ババヌキ大会はメオの惨敗で幕を閉じた。何で負けるんだろうと、メオは不思議顔だ。

ちなみに、優勝は意外にもヒョウカだった。アイジャ曰《いわ》く、あいつは何考えてるか分からんとのこと。実はしっぽ亭で、ヒョウカの表情が分かるのは恭一郎だけだったりする。

「はいヒョウカ。後で色んな遊び方教えてあげるね」

「ゴシュジン。スキ」

とりあえず、これでヒョウカの退屈は解消できるだろう。

一人用の遊び方は何があったかなと、恭一郎はヒョウカの頭を撫《な》でながら思い出していた。

「……コレ」

ぴらりと、ヒョウカはカードを裏返す。そこに書かれていた数字を見て、ヒョウカの表情が輝いた。

「コレハ、ココ」

めくられた同じ数字の二枚の札を、ヒョウカは満足そうに脇へ寄せる。

かれこれ十数回。初めての成功である。

「ツギハ……ココ」

完全に覚えることを放棄したヒョウカの『神経衰弱』は、もはやただの運試しと化していたが、それでもヒョウカは黙々と札をめくる。

「タノシイ」

手作りの遊び道具は、どうやら土地神さまのお気に召したようだ。

◆　◆

「よーしっ！　今度こそは勝てるぜっ！　全賭けの大勝負だっ！」

役が書かれた紙を確認しつつ、タイザが力強く声を上げた。同時に、目の前の硬貨の山を相手に突きつける。

「……いいさね。勝負しよう」

ピンク色の煙が細く吐かれ、アイジャが静かに自分の手元の硬貨を前に出した。その瞬間、びくりとタイザが髭《ひげ》を揺らす。

「まって！　リュカも勝負するっ！」

汗を垂らすタイザの横から、慌てたように元気な声が上がった。右腕を上げたリュカが、じゃらじゃらと硬貨を前に押し出す。

アイジャは興味深げに目を細め、ぷらぷらと電子タバコを上下に揺らした。

「強気だね、リュカ助。いいのかい？　結構でかい勝負だが」

「いいのっ！　どうせタイザにいちゃんはハッタリかましてるだけだし、今回はアイジャさんよりリュカの勝ちだよっ！」

一瞬でブラフを見抜かれたタイザが息を詰まらせるが、リュカはスルーして鼻の穴を膨らませた。

自信があるのか、早くしろとアイジャを眼光で突き刺す。

リュカの眼差しに、アイジャは仕方がないと手札をテーブルの上に広げた。アイジャの役を確認する前に、リュカが勢いよく自分の手札を公開する。

テキサスホールデム。地球で愛されているカードギャンブルの一つで、ポーカーの一種である。

二枚の手札と場に出ている五枚の札の中から役を作り、その強さを競うゲームだ。

テーブルの上に置かれた五枚のカードをちらりと確認して、リュカはばしばしと手札を叩いた。

「フルハウスだよっ！　どうせアイジャさんはスリーカード止まりでしょっ！　リュカの勝ちっ！」

ぎゃうぎゃうと騒ぐリュカの隣で、彼女に出資している乾物屋の目がおおと輝く。代打を引き受けている以上、リュカも負けるわけにはいかない。これでどうだと、アイジャの方へ鼻を突き出した。

「そうさねぇ」

テーブルの上のカードをアイジャが見やる。場に提示されている五枚は、Qが二枚と2と4とA。リュカの手札はQとAだ。

「理論上最強だよっ！　アイジャさんの手札がAが二枚でもない限りは……」

負けるはずがないと確信しているリュカの口上が終わる前に、アイジャは電子タバコを置き、ぺらりと自分の手札をめくって突き出した。

「えっ……」

そのカードを見たリュカから声が漏れる。みるみる目を見開いていくリュカに、アイジャはゆっくりと電子タバコを指で挟みながら宣言した。

「あたしもフルハウスだ。Aのトリプルだから、あたしの勝ちだな」

リュカはもう一度アイジャの目の前の二枚を確認する。確かにAが二枚。リュカはあまりの驚愕《きょうがく》に言葉を詰まらせた。

「さっき自分で言っただろ。Aが二枚でもない限りは……って。そう簡単に、理論上最強なんて言うもんじゃない」

アイジャに厳しい言葉を浴びせられ、リュカの目にじんわりと涙が浮かぶ。

異世界にて今宵《こよい》初めて開催されたポーカー大会は、前評判通りアイジャの優勝で幕を閉じた。

惜しくも優勝を逃したリュカが、悔しそうに奥歯を噛《か》みしめる。

リュカの取った行動は間違っていたわけではない。確率を信じて動くのならば、ここは勝負をして当然の場面である。

しかし時として、ギャンブルではとんでもない豪運の嵐に呑み込まれてしまうことがあるのだ。

「ぎゃううぅ。ず、ずるいぃ。そんなのずるいぃ！」

ばたばたと暴れるリュカを、乾物屋がよしよしとなだめる。本当に泣きたいのは金を出している彼なのだが、それでもここまで来られただけでありがたいと思い、乾物屋はリュカに賞賛の言葉を贈った。

「いや、それでもすごいよリュカちゃん。さすがはアイジャさんの一番弟子だ」

「勝てないと意味ないぃいいいいっ!!」

ぎゃおぎゃおと泣いているリュカをなぐさめるべく、タイザもピッツアを差し入れる。泣きながら肉のピッツアを食べ始めたリュカに、周りで観戦していた客達から笑いが起こった。

「ありゃあ、リュカちゃん負けちゃいましたか。というか、流石《さすが》ですねアイジャさん」

恭一郎が、前髪をくるくるといじっていたアイジャに声をかけた。今回は主催者権限で胴元をやっていた恭一郎だが、前評判通りの展開に思わず感嘆の声を漏らす。

「ポーカーなんて運勝負でしょうに」

「ん？　なんだい、お前さんのとこのゲームなのに、知らないのかい」

差し入れの酒をグラスに注ぐ恭一郎を見ながら、アイジャが呆れたように言った。それに、きょとんと恭一郎が首をかしげる。

テキサスホールデムはあくまでポーカーの一種だ。運がいいほうが勝つんじゃないかと、恭一郎はアイジャに視線で問いかけた。

「ただの運勝負が、お前さんのとこみたいな進んだ世界で流行《はや》るわけないだろ。運の要素が強いように見えて、強い奴は圧倒的に勝てるいいゲームさ。確率もあるし、別にさっきの展開だって、手札が雑魚ならあたしは下りてた」

「はぁ、俺にはよく分かりませんが。要はアイジャさんは強いってことですね。流石《さすが》です」

にっこりと笑顔を見せる恭一郎に、アイジャの顔が赤く染まる。完全に不意打ちだった。アイジャは慌ててとんがり帽子のツバを目の前に下ろす。

「……ああ、もうっ！　辛気くさいねぇ！　今夜は賞金であたしの奢《おご》りだっ！　好きなもん頼みなお前たちっ！」

恥ずかしさを誤魔化《ごまか》すためか、アイジャがテーブルの上に立ち上がった。硬貨を宙にまくアイジャに、その場にいた客たちから歓声が沸き上がる。

「ほら、リュカちゃんっ。何でも食べていいって」

「ぎゃうぅうう。ステーキぃ。いちばん高いやつぅ」

食欲だけは衰えないリュカの様子を見て、タイザと乾物屋はほっと胸をなで下ろした。アイジャには負け続けな妹竜さまだが、未だに敗北の味は苦いらしい。

「負けず嫌いなのはいいことさね」

本人には言わないけどねと、アイジャは恭一郎に向かって嬉しそうな笑みを浮かべる。

「ひぃ、ふぅ、みぃ……にゃふふ。今宵《こよい》は大儲けですねぇ。このまま定期的に開催すれば……ふふふ」

そして、今回のポーカー大会の真の黒幕であるメオは、積み上げられた参加費を計算しながら、しめしめとほくそ笑むのだった。

◆　◆

数日後、ロプス家の巨大な屋敷の一室で、シャロンは大きな姿見に映る自分の容姿を見て、頬を緩めていた。

「……えへへ」

他人には見せないような年相応の笑顔で、シャロンは鏡の前でくるくると回る。ふんわりと舞い上がるミニスカートに、シャロンは嬉しそうに微笑んだ。

「ふふふ。わたくしも、結構イケてるではありませんか」

慣れない庶民の衣装だが、流行の最先端だけあって刺激的だ。生足が見えすぎてはしたないという意見も耳にするが、シャロンからすれば、セレブが着るドレスのほうが何倍も露出が多い。

シャロンは社交界で胸元を見せつけている淑女の方々を思い浮かべて、案外、街娘のほうが清純なのではないかと考えた。

上機嫌で鏡を見つめていると、部屋をノックする音が聞こえてくる。

「お嬢様、少しお話が。よろしいですか?」

「せ、セバスタン!?　ちょ、ちょっと待ちなさいっ!　開けないでっ!」

従者の声に、シャロンは慌てて答える。急いで辺りを見渡して、ベッドのシーツの中に飛び込んだ。

「お入りなさい」

許しを得たセバスタンが、不思議そうに部屋の中に入ってくる。シャロンの慌てる声など、久しぶりに聞いたという表情だ。

「どうしました?　よい知らせなのでしょうね」

しかし、ベッドに優雅に寝ころぶ自分の主を見て、セバスタンの疑問は霧散する。姿勢を正したセバスタンに、シャロンはシーツの中のスカートを隠しながら先を促した。

「どうも、無届けで賭博行為を行っている店が市街にあるようでして」

「あら、そんなこと。即刻つぶしなさい」

無慈悲な勧告を受けて、セバスタンは苦笑いを浮かべる。エルダニアの自治も任されているロプス家のお嬢様は、とにかく容赦《ようしゃ》がない。

さて、どうしたものかと、セバスタンは手元の資料に書かれた文字に目を通した。

彼には似合わぬ煮え切らない態度に、今度はシャロンが疑問を持つ。

「それが、その店というのがですね……」

ようやく出てきた店の名前を聞き、シャロンは思わずずっこけてしまった。どこかで……というか、頻繁に耳にしている覚えがある。

何をしているんだと頭を抱えながら、シャロンはどうしようもないほどに深い溜め息を、シーツの上に吐いたのだった。

◆　◆

「ほんっとうに、申し訳ございませんでしたッ！」

後日、額がなくなってしまいそうなほど床に頭を擦《こす》り付けているメオを、シャロンが困り顔で見下ろしていた。

「にゃうぅ。届け出のこと知らなかったんですッ。なにとぞ、なにとぞ営業停止だけはッ。なにとぞぉッ！」

がんがんと床に額を叩きつけているメオを見ながら、シャロンは頬を掻いた。階段の裏から、リュカが心配そうにこちらの様子を窺《うかが》っているのがどうにも居心地が悪い。急用だったためシャロン自ら出向いたのだが、セバスタンに任せたほうがよかっただろうかと少し後悔した。

「いえ、あの。初犯ですし、ちゃんと届け出をして税金さえ納めていただければ、わたくしどものほうはそれで……」

「ほ、ほんとですかっ！　ありがとうございますっ！　ありがとうございますっ！」

へへーと、メオは歓喜の涙を流しながらシャロンに頭を下げる。

リュカは、何度も頭をすり付けたせいで額から血を流しているメオを見て、何となく大人の世界の厳しさを学んだのだった。

何とか無事に店を守れそうだとほっとしているメオをよそに、シャロンはそういえばと辺りを見回す。

恭一郎の姿が見あたらない。今日はグランドシャロンの仕事は休みのはずだがと思い、シャロンはメオに恭一郎の所在を問いかけた。

「恭さんでしたら、今日はスーツ姿で朝から出かけました。えーと、デヴァルさんのとこだったかと」

「ああ、デヴァル家の。……そうですね。まぁ店主はメオさんですし、きちんとお話ししておきます」

そう言って、シャロンは傍《かたわ》らのセバスタンに指示を出す。頷いたセバスタンが差し出した書類を、メオは慌てて受け取った。

「決まりは決まりですから、賭博場の届け出は提出していただかないと困ります。そうなると、ねこのしっぽ亭を何らかの遊戯の賭場として登録しないといけないんですが。……そういえば、一体何の賭場を開いていたんですか？」

シャロンは、不思議に思ってねこのしっぽ亭を見渡した。

賭博といえば、拳闘やケンタウロスレース。しっぽ亭は大きめの店構えだが、それでもこの場所で秘密裏に拳闘をやっていたとは考えにくい。

「えーっとですねぇ……」

メオは指を口に当てた。ゲームの名前をど忘れしてしまったのだ。メオ自身は、ポーカーはルール説明の時点で音《ね》を上げてしまっていた。

しかし、差し出された書類には記入しなければいけない。必死に記憶を辿っていたメオの海馬《かいば》が、何とか名称をひねり出す。

「確か……こんな名前のゲームです」

遊戯名が記入された紙を受け取り、シャロンがふむと頷いた。変わった名前だが、どうせ恭一郎が絡んでいるのだろうし、考えるだけ無駄である。

「何やら、美味しそうな名前のゲームですね」

セバスタンは隣から書類に目を落として感想を述べた。

「どういう意味かしら？」

シャロンにはよく分からないセンスだが、響き自体は悪くない。まぁいいでしょうと、シャロンはセバスタンに書類を渡す。

こうして、テキサスホールデムは、異世界にてテリヤキホールテーズと名を変え親しまれることになったのだった。

4　美味しいお乳は好きですか？

「改築ですか？」

ホテルグランドシャロンの一室で、恭一郎は目の前の一つ目の少女を見つめた。

「ええ。と言っても、ホテル本館には手を入れません」

小さめの一本角を視界に映しながら、恭一郎は少女が手にカップを持つのを黙って見ていた。エルダニアが誇るロプス家の長女、シャロン・ロプスその人である。

ねこのしっぽ亭に住んでいる妹竜さまの友人としての顔はなりを潜め、今は完全に恭一郎の上司として向かいの席に座っていた。正直言うと、恭一郎はこのモードの彼女が苦手である。

「裏の膨大な敷地。今はまだ更地ですが、何か活用できないものかと考えておりまして。当ホテルの名物になるような。……恭一郎さんなら、何か良いアイデアを考えてくれるのではと」

そのために雇っているのですよと言わんばかりの鋭い眼光が、シャロンの一つしかない瞳から発せられる。隣のセバスタンも、頼みますと頭を下げた。

勿論《もちろん》、恭一郎としてもアイデアを出すこと自体に吝《やぶさ》かではない。

「うーん。と言っても、すぐに思い浮かぶのはプールくらいですか」

「ぷうる？」

聞き慣れない単語に、シャロンが首を傾げる。ただ、恭一郎と話す際には珍しいことでもないのでそのまま先を促した。

「プールっていうのは、人工的に作った泳ぐための施設ですね。ほら、大浴場あるじゃないですか。あんな感じで水を張って、そこで泳ぎを楽しむという……」

恭一郎にはホテルの設備なんてあまり思い浮かばないが、プールは我ながらいいアイデアに思えた。グランドシャロンにはレストランなどの基本的なものは揃っているし、他にぱっと思いつくのは幼い頃に遊んだプールくらいだ。

「なるほど。……ですが、ちょっとそれは。屋外ですし。裸ってわけにもいきませんでしょう？」

シャロンの難しそうな表情を見て、恭一郎は、あっと気づく。海水浴の文化があるのかすら怪しいこの世界。水着なんてものはないだろう。それを考えると、確かにプールはハードルが高い気がした。

「そうです、ね。専用の服を作る必要がありますし。……うーん、また何か考えておきます」

ともあれ、すぐには上手い案が出てこない。恭一郎は申し訳なくて頭を下げるが、シャロンは「すぐにとは言いません」とにこりと笑った。

「それはそうと、恭一郎さん。サリア皇女の件、聞いてますわ。レストランもピッツアが大変好評なようで。わたくしの目に狂いはありませんでしたね。予想以上の活躍です」

手を合わせて微笑むシャロンの言葉に、恭一郎は少し照れる。

先日、隣国のアキタリア皇国の皇女サリアが外交目的でエルダニアの街を訪れ、グランドシャロンの評判を聞きつけて宿泊しに来た。その対応を任された恭一郎はフロアチーフとしての仕事をしっかりとこなし、さらにはサリア皇女との商談を希望していたエルダニアの貴族、デヴァルとの会食も成功させたのだ。恭一郎としても、サリアの一件は頑張っただけに誉められると素直に嬉しい。

「おかげで、ホテルのほうも順調ですわ。わたくしのロプス家での地位も高まりましたし、恭一郎さんには感謝していますわ」

そうやって笑うシャロンは、恭一郎の見知っている少女としての彼女に見えた。煌《きら》びやかな生活のなかで生きているシャロンにも、悩みや葛藤はあるのだろう。雇い主というのは勿論《もちろん》だが、彼女のためにも協力したいというのが恭一郎の本音だ。

「先ほどの件は、お任せください。妙案を思いついてみせます」

「ふふ、期待していますわ」

そうやって微笑むと、シャロンはゆっくり立ち上がった。

◆　◆

「牧場ですか？」

シャロンの話が終わってすぐ、グランドシャロンの控え室で恭一郎はセバスタンに話しかけられた。

お昼を食べようとしていたところだったので、恭一郎はサンドイッチを持ったままセバスタンに顔を向ける。

ちなみに今日のお昼は、リュカのお土産の、巨大な海老のような生き物をボイルしたサンドイッチである。少し大味だが、風味は海老と一緒で、日本人である恭一郎はテンションが上がる。

「ええ。ホテルのレストランで使っているテーズとミルクの仕入れ先なんですが。恭一郎様なら、興味がおありだと思いまして」

セバスタンは軽く水を飲むだけで何も食べず、手元の紙の束をぺらぺらと見下ろしていた。働き者の上司を見ながら、恭一郎は指についた海老もどきのエキスをぺろりと舐《な》める。

セバスタンが持ちかけてきたのは、グランドシャロンと取引している牧場との契約更新の仕事だ。本来は恭一郎の担当する仕事ではないが、しっぽ亭でも働いている恭一郎にセバスタンが気を利かせてくれたようだ。

「品質は保証しますよ。若い娘さんが切り盛りしていますが、丁寧でいい仕事です。ねこのしっぽ亭でも契約してみたらどうですか？」

セバスタンの提案を聞き、確かにと恭一郎は指を顎《あご》に当てる。

現状のしっぽ亭で取り扱っているテーズやミルクは、市場で買うか肉屋のレトラに持ってきてもらっているものだ。レトラには悪いが、専門ではないぶん質はそこそこだし、値段もそれなりにかかってしまっている。

牧場と直接契約できれば、もっといいものを、より安く仕入れられるようになるだろう。ピッツアにしろサンドイッチにしろ、テーズにかかる費用は馬鹿にならないから、これはいい機会だと恭一郎は考えた。

「そうですね。ここのピッツアに使ってるテーズなら、文句なんてないですし。ありがとうございます。行ってみます」

それに、少し恭一郎としても悔しいところがあったのだ。リストランテ・シャロンのピッツアは確かにしっぽ亭よりも美味しい。だが、それは料理長カジーの腕もさることながら、テーズの品質の違いが大きいのではと恭一郎は常々思っていた。ホテルが相手では仕方ないと、半ば棚に上げていた問題だが、そろそろ本腰を入れて勝負するべきだとは感じていたのだ。

「目指すは、値段は今のままで、ホテルと同等の味か……」

「はは、お手柔らかに頼みますね。レストランの売り上げが落ちたとあらば、私がお嬢様に踏まれますので」

真剣に考え込む恭一郎を眺めながら、セバスタンがふふふと笑う。

「では、この用紙のここにサインを貰ってくださいね」と言って、セバスタンは恭一郎にやや立派な厚めの紙を手渡した。

「書類のこともありますし、シャンさんも連れて行ってはいかがです？　最近、特に頑張っているようですし」

部下のメイドであるシャンシャンは、確かに最初の頃に比べるとよく働いてくれている。それに、この世界の文字をあまり読めない恭一郎が書類仕事をするには、助手が必要だ。狼の亜人の少女を思い浮かべて、恭一郎は頷いた。

「そうですね。助かります」

恭一郎が了解したのを確認すると、セバスタンは「では頼みますね」と言い残して控え室を後にした。

その際、先ほどのセバスタンの言葉を思い出す。

「……踏まれる、かぁ」

一瞬、自分の上司兼リュカの親友の一つ目の少女の、秘密の息抜きが心に浮かぶ。難しい問題だと、恭一郎はセバスタンの出て行った扉を見つめるのだった。

◆　◆

「ここか。えーと、どこに行けばいいのかな」

グランドシャロンを後にした恭一郎は、街から出てしばらく歩いた場所にある牧場地帯を訪れていた。

考えてみれば、街の外に出ることなど久しぶりである。周りは農場や牧草地ばかりだ。随分歩いたため、振り返ればエルダニアの街が遠くの方に綺麗に見える。

「チーフチーフ！　見てくださいっ！　変な虫見つけましたっ！」

背後から聞こえてくる声に、恭一郎は溜め息を吐きながら振り向いた。見ると、シャンシャンが得体の知れない大きな虫を掴《つか》んで、こちらに駆けてきている。

「シャンさん。別に、遊びに来たわけじゃないんですよ？」

「わふふー。勤務外なんだから遊びみたいなもんです。チーフだって、シャンシャンとデートしたかったくせにぃ」

尻尾をぶんぶんと振り回しながら笑顔を見せるシャンシャンに、恭一郎は首を傾げた。何か勘違いしていると思い、恭一郎は眉を寄せる。

「シャンシャンのこと好きなのは分かりますけど、公私混同はいけないと思いますぅ。まぁ別に悪い気はしませんけどぉ」

照れたように身をよじるシャンシャンを放置し、恭一郎は歩き出した。早く取引先の牧場主を見つけなければ日が暮れてしまう。

「それはそうと、先方に失礼のないようにお願いしますよ。あ、あと書類はホテルに持って帰ってくださいね。僕は直接帰宅しますので」

「相変わらずシャンシャンにだけひどくないですか⁉」

毛を膨らませながら袖《そで》を引っ張ってくるシャンシャンを無視し、恭一郎は辺り一帯を見渡した。

本当に、牧場以外は何もない。

以前レトラが、農家の人は街の外に追いやられていると話していた。街の事情があって仕方がないこととはいえ、恭一郎としても、この街灯一つない道を見ると思うところがある。

きょろきょろと辺りに目を配る。大小様々な大きさの小屋が点在しているが、どこが管理人がいる場所か分からない。そもそも、どこまでが目当ての牧場なのかすらよく分からなかった。

「さすがに農地はさっぱりしてますねぇ。街のほうとは大違いですぅ」

「……シャンさんは、村の出でしたよね？　やっぱり、エルダニアの街は大きいですか？」

恭一郎の質問を不思議に思い、シャンシャンが目を向けた。恭一郎は旅人だったと聞いたような気がしたのだが、しかしシャンシャンは深く考えることなく説明する。

「当たり前ですよぉ。エルダニアは街灯とかが有名ですけど、そういう問題じゃないです。お店があって、仕事があって。全部が全部、田舎とは比べものにならないです」

シャンシャンの言葉に、恭一郎はぽかんと口を開けた。

こちらの世界にやって来て、そろそろ二年。異世界のことにも詳しくなった気がしていたが、それはとんでもない勘違いだったようだ。

考えてみれば、恭一郎はエルダニア以外の街や村に行ったことがない。人々の暮らしにしても、当初想像していた以上に快適だと思っていた。しかし、それはエルダニア自体がこの世界では大都会だからなのだ。

もし自分がこの世界に落とされた場所が、片田舎の寂しい村の林だったなら――そんな考えがふとよぎり、恭一郎はぞくりと背筋を震わせる。

「……農家の方、か」

恭一郎は改めて気を引き締めた。街から少し外れた牧草地。ここに住む人のことを何も知らない自分に活を入れ、気を抜かぬように肝に銘じた。

前方には、少し遠くに茶色い牛のような動物の群が見える。あれがヌーアかと、恭一郎は当たりを付けた。牛肉のような味で、乳も出す。大変お世話になっている動物だ。

恭一郎は、とりあえずあっちに行ってみようと歩き出した。

近くにいるように見えても、予想以上に遠い。恭一郎とシャンシャンが黙々と歩いていると、遠くの方から声が聞こえた。

「どうしましたー？」

恭一郎が声のした方向へ振り向くと、いくつかの柵を越えた先から、こちらに手を振る人影が確認できた。

声からして若い女性だ。目的の人物だろうと、恭一郎はそちらに向かって駆け出していく。

「ホテルの方でしたか。いつもと違う人だったんで分かりませんでした。それに、お店もされてるなんて……」

ログハウスに連れてこられた恭一郎は、ふりふりと尻尾を振って金印を探す声の主のお尻を見つめていた。

「あっ、あった。よかった。……すみません。こんなときでないと、使わないから」

少女がぺこぺこと頭を下げる。

「いえ、大丈夫ですよ。僕の仕事も、今日はここで終わりですから」

こほんと咳払いして、恭一郎は赤くなった顔を少女から背けた。深く息を吐き、平静を装うように努める。

「そうなんですか？　よかったあ。前の担当の女の方、少し怖くて。……あっ、言わないでくださいねっ？」

しまったという顔で、少女が机を挟んだ対面から身を乗り出す。大丈夫ですからと言い、恭一郎は慌てて腕で制した。

「ありがとうございます。うちは小さいから、ホテルからお仕事こないと厳しいんです」

安堵したように、少女は息を吐く。椅子に背を預けた際に、ぶるんと大きな胸が揺れた。

恭一郎が落ち着かない原因は、目の前の彼女の身体と格好である。

「えーと。クゥさん、でしたっけ？」

「あ、はい。恭一郎さん、でしたよね」

にこりと、クゥが恭一郎に微笑みかける。おっとりとしたその表情から考えるに、自分の格好に何の疑問も持っていないのだろう。

可愛らしい、少女の顔。黒髪のショートヘアーの中には、メッシュのように白い髪が交ざっている。童顔というか、明るい印象の顔つきだ。

勿論《もちろん》、彼女も人間ではない。牛の角。やや人間よりも白い肌に、黒色の牛模様。稲穂のように黒い毛が先についた、細長い尻尾。

ホルスタウロス。一言で言えば牛人間の彼女も、この異世界の立派な住人だ。何故だかご丁寧に、首元にカウベルまで着けている。

だが、どうでもいい。本当にそんなことは些細《ささい》な問題だと、恭一郎は思った。

「あっ、うちのミルク飲みますか？　今朝搾ったばかりのがあるんですよ」

クゥが、思いついたように席を立つ。その際身体が横を向いて、思わず恭一郎は噴き出しそうになってしまった。

少女が着ているのは、胸当てとサスペンダーが特徴の、エプロンとズボンが一体になったような作業着。日本でも見たことのある、オーバーオールによく似ている。

それを、裸に直接着ているのだ。

しかも、彼女は巨乳ときていて……そんな子が横を向くとどうなるかといえば——。

(見え、見えるっ！　見えるからっ‼)

表情を懸命に繕いながら、恭一郎はパニックになりそうな心を必死に抑えていた。巨乳なのが幸いしたかと、息を細く吐く。あれがメオくらいの膨らみならば、先っぽが見えてしまっていたかもしれない。

「……周りに人、いないもんな」

考えてみれば、隣人の住む家が遥か彼方《かなた》といった具合だ。格好に無頓着になるのも仕方ないのかもしれない。

いや、しかしあれは色々と問題がありそうだ。アイジャほどではないが、普通に街を歩いていては、まずお目にかかれないほどのおっぱいである。

種族的な特徴なのだろうか。ふむうと恭一郎は生命の神秘に思いを馳《は》せた。

「チーフ。案外すけべなんですね」

ホルスタウロスを生み出した神に感謝していると、横から掠《かす》れた声が聞こえてくる。ぎょっとして振り向けば、シャンシャンが軽蔑《けいべつ》したような眼差しでこちらを見ていた。

「な、何のことやら」

「やっぱり大きなおっぱいですか。そうですか。男はみんなそうですぅ」

シャンシャンがしょんぼりと肩を落とす。見慣れた光景に、どうしたものかと恭一郎は頬を掻いた。

「これ、今朝搾ったばかりなんですよ。飲んでみてください」

考え込んでいた恭一郎の前に、かたんとミルクの入ったコップが置かれた。反射的に、恭一郎はお礼を言うためにそちらへ顔を向けてしまう。

「あ、すみません。ありがとうございま……」

横乳。そんなものが目に飛び込んできた。クゥは正面を向いているのに、胸の横側がはみ出してしまっている。

「……えと、搾りたてですか？」

「え？　はい！　今朝早くに私が自分で搾りました。美味しいですよ？」

自信に満ちた眼差しを向けられて、恭一郎はコップに口を付ける。

搾りたてと聞いて、つい胸に目が行ってしまうのは男の性《さが》だ。あり得ないと思いつつも、何となく邪《よこしま》な想像をしてしまう。

「……って、うわ。美味しい」

そんな調子の恭一郎だったが、ミルクを一口飲んだ途端《とたん》に、いやらしい想像は吹き飛んでしまった。

美味しい。素直な感想が、自然と口から出てきてしまう。

クゥの持ってきたミルクの味は、とても濃厚だった。特濃、という感じだ。それに、ほのかに甘い。脂肪の甘さかどうかは分からないが、日本で飲んでいた牛乳と比較してもずば抜けた旨さだ。

ちょっと信じられないといった思いで、恭一郎は、ぽかんとコップの中の白い液体を見つめた。

「わぁ、ほんとですぅ。シャンシャン、こんなに美味しいミルク初めて飲みましたぁ」

シャンシャンも、びっくりしたように笑顔を見せる。

シャンシャンがくんくんと鼻を鳴らすと、普通のものよりも豊かな香りが漂ってきた。

「甘くていい香りですぅ」

「こ、これ。搾りたてって、こんなに美味しいんですか？」

恭一郎は興奮気味にクゥに尋ねた。搾りたてといっても、もう昼を大分過ぎている。恭一郎はホ

テルのレストランで使われてるミルクを飲んだことも勿論《もちろん》あるが、ここまで濃厚ではなかったはずだ。

何やら裏があるような気がして、恭一郎は少し疑いの眼差しをクゥに向けた。じっと、クゥの瞳を見つめる。すると、クゥがたまらず恭一郎から視線を逸らした。

「……クゥさん？」

「す、すみませんんんん‼」

恭一郎が眉をひそめると、クゥが涙目でがばりと膝《ひざ》をついて頭を垂れる。土下座のような格好だ。そのせいでオーバーオールが地面側に膨れ、何ともとんでもない谷間が露《あらわ》になる。

突然の土下座に、恭一郎もシャンシャンもどうしたんだと顔を見合わせた。

「い、いえ。怒ってはないですよ。顔を上げて」

「ほんとですか？」

涙を浮かべ、じわりと顔を持ち上げるクゥに、何だか恭一郎は居心地が悪くなってしまう。クゥの着ているオーバーオールでは背中が丸見えなため、半裸の女の子を苛《いじ》めているようで変な気持ちだ。

「でも、教えてもらいたいですね。これ、ホテルに卸してるミルクとは別物ですよね？　何なんです？」

「そ、それは。……うぅ、申し訳ないです。ちょっと特別なミルクでして」

クゥの話によれば、このミルクはクゥの牧場の中でも特殊なものらしい。要は、とびぬけて美味《うま》いミルクを出す個体がいるというわけだ。恭一郎が店をやっているというのを聞いて、もしかしたらそっちの店でも契約してくれるかもと思い、秘蔵の一品を振る舞ってしまったらしい。

「まあ、気持ちは分からないでもないです。大丈夫ですよ。……ところで、このミルクって僕の店に卸せますか？」

「うう、その。一日に取れる量がまちまちでして。体調とか、前日のご飯とか。だから、安定してお届けするのは、その……」

どんどんクゥの声が小さくなっていく。つまりは、非売品に近いものだということだ。恭一郎を騙《だま》そうとしたことへのばつの悪さからか、クゥはすっかり萎縮して小さくなってしまっていた。

それを見た恭一郎の心に、少しだけ意地の悪い考えが浮かんでしまう。

「まぁ、ここの牧場の品質がいいのは知ってますから。テーズもミルクも、しっぽ亭でも契約しますよ」

「ほ、ほんとですか!?」

破談を覚悟していたクゥは、一瞬にして顔を輝かせる。ありがとうございますとお礼を言いながら、ぺこぺこと額を床に付け始めた。

「ええ。ですが、ちょっとお願いがありまして」

「お願い、ですか？」

クゥが恐る恐る顔を上げると、恭一郎のにっこりと微笑む顔があった。

「いやあ、ありがとうございます。貴重なものでしょうに」

「い、いえ！　元々商品じゃないのに、あんな値段で買い取っていただけるなんて」

交渉が終わり、恭一郎はログハウスの出口でクゥにお礼を言っていた。クゥのほうも、ありがとうございますと頭を下げる。

恭一郎のお願いはシンプルだった。ねこのしっぽ亭でもテーズとミルクを契約する代わりに、もし特別なミルクが取れたらそれも売ってくれというものだ。勿論《もちろん》、通常のミルクよりもかなり高値で買い取ることになる。

だが、あのミルクにはそれだけの価値があると恭一郎は確信した。今となっては、クゥの魔が差した行動に感謝といったところだ。

「ところで、その特別なミルクを出すヌーアってどこにいるんですかぁ？　やっぱ毛並みとかも良いんですかねぇ？」

好奇心でシャンシャンが牧場を見渡した。見分けがつかなくなってもいけないし、隔離しているのだろうか。きょろきょろと視線を動かすシャンシャンを、恭一郎が優しくたしなめた。

「だめですよシャンシャンさん。企業秘密でしょうから」

恭一郎の言葉に、シャンシャンが残念そうに口を尖《とが》らせる。

しかし、大事なことである。恭一郎はクゥと今日会ったばかりだし、家畜といっても最悪盗難される可能性もあるのだ。頼めば見せてくれるだろうが、ここで無理を言っては、せっかくの信頼関係が壊れかねない。

「それじゃあ、僕たちはこれで。クゥさん。これからよろしくお願いしますね」

腰を曲げて、深々とお辞儀をする恭一郎に、クゥがびっくりしたような表情で再び慌てる。恭一郎の前任の女性は、クゥの胸元を睨《にら》みつけては、常に怒ったように上から目線な物言いをする人だったからだ。

いい人だと安心し、クゥはこちらこそと頭を下げた。

◆　◆

恭一郎が帰ってから、クゥは一人ログハウスで喜びに身体を震わせていた。

「や、やった。契約増えちゃった」

最初にホテルの契約が来たときも驚いたが、それに気をよくして色々と機材などを揃えてしまい、家計が火の車だったのだ。

ねこのしっぽ亭といえば、元祖ピッツアの店で有名な食堂である。牧場の宣伝もしてくれるらしいし、これでまた契約に来てくれる人もいるかもしれない。

「あれが、恭一郎さんか……」

市場で、クゥも噂には聞いていた。

両親が死んで、独り身になった女の子のもとに現れた救世主。その女の子と自分の境遇を重ねて、少し夢見たりもしたものだ。

「か、かっこよかった」

想像ではもっと厳《いか》つい人だったが、実際見てみると誠実そうなエルフの男性である。特徴の丸耳も確認したし、本人で間違いないだろう。

たゆたゆと、クゥは自分の胸を持ち上げる。やや張りが少ないことを確認し、最近の食生活を思い出して悔やんだ。

「あ、明日からいっぱい食べないとっ！」

牧場経営に射し込む光に、クゥは「よーしやるぞー」と気合いを入れるのだった。

◆　◆

「ぐふふふーん」

レトラは朝の日課を済ませようと、鼻歌を奏でながらしっぽ亭への道を歩いていた。小脇には、いつも通りのハムと鳥肉。以前に比べて随分と荷物が少なくなったものだ。

数日前、申し訳なさそうに恭一郎からミルクとテーズの仕入れを断られたレトラだが、正直それはどうでもよかった。元々、専門でない商品の配達だったたし、ついでのような感覚で引き受けていたからだ。

しっぽ亭はあれだけ有名な店になったのだから、テーズの品質に拘《こだわ》りたいのは料理人として至極当然だろう。

「はぁ。職人気質《かたぎ》だわぁ、恭一郎さん。そういうとこも可愛い」

ホテルのレストランに勝ちたいんですと、意気込みを新たにする恭一郎の表情は、レトラから見れば好感度アップといったところだ。自分からすれば何もそこまでしなくてもと思うが、ああいう何かを追究する姿勢は恭一郎の魅力の一つだろう。

「さて、そろそろ胸元を開けましてっと……」

しっぽ亭が見えてきたのを確認して、レトラは胸元の紐を緩めた。わざと前屈みになって、恭一郎が狼狽《ろうばい》するのを見るのが、最近のレトラの楽しみの一つだ。ほぼ毎日見ているはずなのに一向に慣れない恭一郎が、レトラにはとんでもなく愛おしい。

「ああ、うぶ。うぶだわ恭一郎さん。ぐふ、ぐふふふ。別に襲ってくれてもかまわないのにぃいいいいいい」

自らの身体を抱きしめてくねくねと悶《もだ》えるレトラを、通行人が訝《いぶか》しげな表情で振り返る。

そんなことはお構いなしに、レトラはぐふふふと口から涎《よだれ》を垂らしていた。

「いっそのこと目の前で裸になってやろうかしら。……って、んん？」

見やる。くんくんと犬科の鼻を鳴らして、レトラはその人物が件《くだん》の牧場主であることを確信した。ミルクの甘い匂いが、ぷんぷんと漂ってきている。

「……女？」

嫌な予感がして、レトラはしっぽ亭への道を駆け抜けた。


「あ、レトラさん。いつもありがとうございます」

恭一郎が、店先に飛び込んできたレトラにぺこりと頭を下げる。レトラも、普段の繕った微笑みで挨拶を返した。

「おはようございます、恭一郎さん。……あの、そちらは？」

笑顔はそのままに、レトラは恭一郎に問いただした。どういうことですとの言外の訴えは、当然ながら恭一郎には届かない。

「こちらはクゥさん。ほら、前に話した牧場の」

「は、はじめまして！　クゥです。何だか、すみません……」

ぶるんと、大きな胸が揺れた。

乳牛だ。乳牛がいる。レトラは直感的に己の敵を認識した。

「いえいえ、いいんですよ。やっぱり、専門の方のほうが恭一郎さんもいいでしょうし」

「よかった。そう言っていただけると嬉しいです。これからよろしくお願いします」

レトラの柔和な笑顔に、クゥがほっと胸をなで下ろす。仕事を奪ってしまったとも取れる嫌われるのは覚悟していただけに、クゥはレトラをいい人だと嬉しそうに見つめた。

そんな二人を見た恭一郎が、うんうんと頷いて品物を店の奥に運んでいく。

レトラは、恭一郎が背を向けて立ち去ったのを確認してぼそりと呟いた。

「えーと、それでクゥさん……でしたっけ？　専門は情婦か何かですか？」

「ええ⁉　ち、違いますよ！　ぼ、牧場です！　ミルクとかテーズとか」

笑顔のまま、急にとんでもないことを言い出したレトラにクゥはびっくりして、勢いよく振り向いた。そんなクゥに、レトラはなるほどと頷く。

「ああ、搾乳プレイですか。サービスいい牧場ですね」

「ななな、何ですかそれは⁉　ちちち、違いますよ‼」

クゥがあわわわと辺りを見回す。しっぽ亭の前を通りかかった男性が、クゥの横乳を鼻の下を伸ばして見つめていた。

「もう！　な、何なんですか一体‼」

クゥはレトラをきっと睨《にら》みつける。穏和なクゥといえども、初めて会ったばかりでこの仕打ちは頭にきていた。むぅと、頬を膨らませてレトラに視線で抗議する。

そのクゥの視線をレトラはゆっくりと受け流すと、ねっとりとした眼差しをクゥの胸元に送った。

クゥは、警戒するようにレトラの鼻先を見つめている。

「恭一郎さん狙うにしても、その格好はちょっと……ねぇ？」

「……格好？」

クゥはきょとんと首を傾げた。

何を言ってるんですかと頬を膨らますクゥに、レトラは驚いて目を見開く。

横乳が丸見えなほどのオーバーオール。てっきり恭一郎の気を引くためかと思ったが、どうやら世間知らずなだけらしい。

「んぅー、恭一郎さんは、あなたに……言うわけないもんなぁ」

「恭一郎さんがどうかしたんですか？」

思案顔のレトラに、クゥは呑気に問いかける。

この分だと、恭一郎の前でも無防備に振る舞っているのだろう。赤面して、けれど視線を逸らすだけの恭一郎がレトラには容易に想像できた。

「それにしても、恭一郎さんっていい人ですよね。優しいし、私のミルクも買い取ってくれて……」

レトラの言うことがよく分からず、雰囲気を変えようとして、クゥは件《くだん》の青年の話題を振ってみる。

「私のミルク？」

しかし、うっかり口からこぼれた違和感を、レトラは聞き逃しはしなかった。

「そういえば、クゥさんって。ホルスタウルスですよね？」

「あっ」

眉を寄せたレトラに、クゥが慌てて口を閉じる。

別に、「自分の牧場のミルク」という意味でも充分に通る発言だ。けれどクゥの咄嗟《とっさ》の行動を見て、レトラは確信を持って口を動かした。

「うわぁ。……趣味ですか？　いいご趣味ですね」

「いや、ちがっ!?　……その。美味しい、らしくて。高値で買い取ってくれるって言うから」

指先をもじもじと合わせるクゥを眺めて、ああなるほどとレトラは得心した。ホルスタウロスの雌の乳は、高級品として取り引きされることがあると聞いたことがあったからだ。

何となく、変態的な嗜好《しこう》を想像していたレトラだが、単純に味がいいというのは初耳だった。へぇと、興味深くクゥの胸を凝視する。

「あの、その。あんまり見つめられると、恥ずかしいんですが……」

「そんな格好で今さら何言ってるんですか。……ふーん。やっぱ大きいわね。アイジャさん程じゃないけど」

ぐわしとレトラがクゥの胸を掴《つか》み、揉み始める。ひぃとクゥが声を上げるが、レトラはお構いなしにクゥの乳を揉みしだいた。

「ちょっ、あのっ。れ、レトラさんっ!?」

「うわぁ、すごい。こりゃあ男の人がおっぱい好きなのも分かるってもんね。……ところで、恭一郎さんはミルクのこと知ってるんですか？」

下から持ち上げるように、ぐにぐにとレトラはクゥの胸を揉んでいく。オーバーオールの中にまで進入してきたレトラの手に、クゥは小さく悲鳴を上げた。

「ひっ。そ、それは。その、たぶん……知らないと思います、けど」

「へぇー。なんかそれって、だいぶ変態っぽいですね」

クゥの胸の柔らかさを堪能しながら、レトラはふむと考える。アイジャほどではないにしろ、とんでもない逸材だ。このまま何も使わないのは惜しいと、レトラは揉む指の動きを速くする。

「ちょ、ちょっ。や、やめ。で、でちゃっ。……あぅっ」

「おお。ほんとに出た」

じわぁとクゥのオーバーオールに染みが浮かぶのを確認して、レトラは自然の神秘に感嘆の声を漏らした。面白い種族だ。レトラはくんくんと鼻を鳴らす。

「うぅ、ひどいです。誰にも搾らせたことないのに……」

よよよと涙目になって染みを隠すクゥを、レトラは興奮した表情で見つめる。

正直、恭一郎をからかうのにも限界を感じていたところだ。自分一人でメオやアイジャに太刀打ちできる気もしないし、どうしたものかとレトラは最近よく考えていた。

メオはメオで一向に結婚する素振りもないし、アイジャはアイジャで何やら忙しそうだった。二人のどちらかからの略奪愛を狙うレトラとしては、非常に退屈な日々である。

そんななか、目の前の雌牛娘は唐突な天からの贈り物なのではとレトラは思えてきた。

「ぐふ、ぐひょひょひょひょ」

突然のレトラの笑いに、クゥがびくりと身をこわばらせる。

一方、レトラは面白くなってきたと犬口から舌を出した。

「ふふ、決まったわね。今決めたわ。今日から、私とあなたは――」

クゥの怯《おび》えた眼が、レトラの口を注視する。レトラは、そんなクゥを尻目に、どやぁと胸を張って言いきった。

「恭一郎さんを略奪し隊!! その隊長と、隊員そのイチよ!!」

ぽかんと、クゥの口が大きく開く。

クゥの首元のカウベルが小さく鳴り響く頃、何も知らない恭一郎が、いつも通りの表情で代金を手に戻ってきた。

◆　◆

「ぎゃうう？　キョーにいちゃん、何作ってるのー？」

恭一郎が台所で悩んでいると、帰宅したリュカが声をかけてきた。ちらりとリュカを見ると、買い物袋を下げている。どうやら街で何か買ってきたらしい。

「おかえりリュカちゃん。買い物かい？」

「おうよー。よく考えてみたら、ノブくん全裸だからさー。せめて首にくらい、何か巻いてもらおうと思って」

見てくれよと、リュカは買い物袋から綺麗な赤い布を取り出した。カーテンほどの大きさだが、布地の厚みはストールくらいだ。これならばノーブリュードの首に巻くことも可能だろう。

「アランさんに、彼氏の首に巻くからって言ったら変な顔してた」

「そりゃあ、そうだろうねぇ」

リュカの言葉に、恭一郎もあははと笑う。流石《さすが》のアランといえども、龍種の服は作ったことはないだろう。リュカが手にしているのは、恭一郎を包み込むことが可能なほどの大きな布だ。まさかスカーフにするとは思うまい。

「で、キョーにいちゃんは何してたの？」

「ああ、そうそう。これ見てよ」

リュカの目の前に、恭一郎は今朝手に入れた白い物体を差し出した。

一瞬きょとんとしたリュカだが、匂いを嗅《か》いでそれが何か当たりをつける。

「……テーズ？」

「当たり。今朝クゥさんに貰ったんだよ。フレッシュテーズっていってね。日持ちはしないけど、美味しいんだ」

　恭一郎の説明を聞いて、ふーんとリュカは汁気の多そうな白い物体を見つめた。リュカのテーズのイメージとは、似ても似つかない代物だ。

「これ、新商品に使うの？」

「そうしたいけどね。クゥさんが自分用に作ってるのを、お裾分《すそわ》けで貰ってるだけだから。あんまり量作れるものでもないらしいし」

　といっても、数人分は賄《まかな》える量である。せっかくだから有効活用したいと思い、恭一郎は頭を捻《ひね》っていた。

　クゥが言うには、これくらいの量ならば前日に注文すれば用意できるらしい。こういう希少な食材が手に入るのも、プロと繋がりができた賜《たまもの》である。

「あ、だったら。こんど、ヒョウカと貴族のお客さん家に行くんでしょ？　そのとき、何か作ってみたら？」

　悩む恭一郎に向かい、リュカが妙案とばかりに手を叩いた。

　なるほどと、恭一郎も頷く。

　数日後にヒョウカと訪ねる貴族邸では、初めての出張料理を行う。まずは無難にアイスクリームとクッキーをカフェ形式で出そうかと思っていたが、フレッシュテーズが手に入るなら他に何か作れるかもしれない。

「ケーキとか。……いや、でもな」

うーんと、恭一郎は考え込む。普通の男性に比べれば、スイーツ事情には詳しい方だ。日本にいた頃に、さんざん恋人の美希《みき》に連れ回されたおかげで、結構マニアックなスイーツも知っている。

しかし、作れるかと言われれば話は別だ。材料は何となく分かるが、分量や細かい手順などは分かりようがない。クッキーあたりがおよそ、恭一郎が作れるお菓子の限界のように思えた。

「テーズに、蟲蜜《むしみつ》に。あとは、ポアン粉と。……果物は色々あるか」

ふむと、恭一郎は頭を働かせる。新商品もいいが、お店のアピールのためにもクッキーとアイスは外せない。それに添えるもので何かないかと、恭一郎は日本で巡ったスイーツ専門店を順番に思い出していった。

「……あっ、あれなら」

ふと、とあるケーキ屋で食べた一品が頭に浮かんだ。あれなら、作るのにそれほど特別な技術は要《い》らないはずだ。

「えーと、確かあれは。……うん、材料は揃ってるな」

後は、これの味次第かと、恭一郎はクゥから貰ったフレッシュテーズを口に入れる。先ほども味見してみたが、今度は記憶の中のものと比較しながらゆっくりと味わった。

「うん。いけそうだ」

名前は何て言ったかなと考えつつ、恭一郎は目の前の白いテーズを見下ろす。品の良い天然の甘み。抑えられた酸味と塩気。生クリームのような、ねっとりとした舌触り。

思い出した。横文字ゆえに自信はないが、確かこんな名前だったはずだ。

「マスカルポーネチーズ」

イタリア原産のクリーム・チーズは、その出番を今か今かと待ちわびているような気がした。

◆　◆

「お久しぶりです、恭一郎様」

にこやかに差し出された手を取り、恭一郎は微笑み返した。

「デヴァルさんも、お元気そうで」

銀髪の悪魔貴族は、その妖艶《ようえん》な牙を隠しもせずににこりと笑う。

彼は、エルダニアに居を構える、商売を得意とする新参貴族のデヴァル家当主である。恭一郎とは、アキタリアのサリア皇女の一件で繋がりを持っていた。

本日の仕事は、このデヴァルの屋敷で行う。

グランドシャロンと比べても全く見劣りがしない屋敷の一室で、恭一郎はデヴァルに本日の詳しい依頼内容を聞いていた。

「恭一郎様を呼んだのは、とある商家のご婦人を満足させていただきたいからです」

ソファではしゃぐヒョウカを押さえつけながら、恭一郎はデヴァルにすみませんと頭を下げる。くすりと笑ったデヴァルが、「そちらは」とヒョウカの首輪に興味を示した。

「この子はヒョウカっていいまして。僕の今回の仕事のパートナーです。ひょっとすると、僕以上に役立つかもしれませんよ」

「はは、そんなまさか」

デヴァルは笑みを浮かべてヒョウカの顔を見つめた。デヴァルの中での恭一郎の評価は一流の料理人だ。それ以上となると、一体どれほどのことができるというのか。

「まあ、恭一郎様が連れてこられた方です。信頼はしていますよ」

そう言うと、デヴァルは仕事内容の説明を再開する。今回の依頼も、なかなか骨の折れるもののようだ。

「相手は、都の商家であるシール家の奥様とそのご息女。今回奥様は、商談と観光でエルダニアを訪れています。恭一郎様には、この奥様を落としていただきたい」

話を聞くと、今回の商談はかなり大がかりなものらしい。一言で言えば、アキタリアからの商品を都まで運ぶルートの開拓だ。せっかくのサリア皇女からの取引品が、都でどのような扱いを受けるかを左右する、大事な要素の一つだとデヴァルは語った。

「エルダニアが都に勝るところがあるとすれば、それはアキタリアからの距離でしょう。アキタリアからの輸入品を都に輸送する際、エルダニアは避けて通れない都市です」

この間のサリア皇女との一件は、どうやらこの街に想像以上の変化をもたらしたようだ。

大戦以後、少なからずアキタリアとの交易は行われてきたのだが、ここに来てその需要が膨れ上がってきたとデヴァルは話す。

「サリア皇女の働きが決定的でしたね。積極的な貿易政策。政治的な意味に加え、外貨の獲得という観点からも、都はエルダニアをいよいよ無視できなくなりました」

真剣な声色のデヴァルの話に、何とか恭一郎もついていく。難しい話をしているが、つまりはサリア皇女のおかげで、オスーディア国内におけるエルダニアの地位が向上したということだ。

政治や文化の中枢が都にあるのは変わらないが、海が近いというエルダニアの立地が、貿易では重要視されている。

「シール家は、オスーディア四大貴族のリューオー家とも親交の深い老舗。この取引をうまく運ぶことができれば、今後の商《あきない》がかなり有利に進められます」

デヴァルの説明に、恭一郎は思わず唾を呑んだ。ある程度覚悟して引き受けたつもりだったが、想像以上のスケールの大きさに恭一郎の背中を汗が流れる。

「本来はグランドシャロンで、サリア皇女のときのように会食の席を設けるつもりでした。ですが、先方がこちらの屋敷を見たいと言い出しましてね。まあ、当然の要求とも言えます。屋敷を見れば、大体の格は分かりますから」

「なるほど。だから屋敷の中なんですね」

恭一郎は姿勢を崩して息を吐いた。

屋敷内でのもてなし。要は、それを成功させればいいのだ。厨房の設備はホテルに及びようもないだろうが、それでも準備さえできれば問題ない。

「そうです。しかし、これはチャンスでもあります。屋敷内での能力の誇示。これができれば効果は大きい。前もってお話ししていた通り、恭一郎様には休憩での一席を演出していただきたい」

デヴァルが提示してきた要望は少なかった。まず、今回作るのは本格的な食事ではなく、休憩の席での軽食だということ。そして、婦人と娘の両方が喜ぶ、女性のための一品。こうした料理を、恭一郎は作らなくてはならない。

当然、デヴァル家の格を見せつけるという点もクリアしながらだ。

「恭一郎様に頼まれた例のものは、用意できております。他に何かありましたら、お気軽に仰《おっしゃ》ってください」

「いえ、十分ですよ。他に必要な材料は持参しましたし」

ご婦人方は一筋縄ではいかないだろう。しかし、恭一郎はデヴァルの話に胸の中のどこかが熱くなるのを感じた。

「お任せください」

叩いた胸の熱さを手のひらに感じながら、恭一郎はにこりと微笑むのだった。

「うわぁ。さすが貴族の屋敷だな。広いし、ちゃんと石窯もついてる」

「スゴイ。オオキイ」

デヴァルに案内された厨房を、恭一郎はきょろきょろと見渡した。石造りの壁はねこのしっぽ亭と同じだが、床には綺麗に磨かれた石畳がびっちりと敷かれている。

「果物は、こんなには要《い》らないな。見たことないものもあるし」

「ゴシュジン。コレ。オイシイ」

どさりとカウンターに積み上げられた旬の果物の数々を見て、恭一郎が思わず苦笑する。今回の料理にはフルーツが欠かせないためデヴァルに用意してもらったのだが、ここまで大量に仕入れるとは予想していなかった。市場ではお目にかかったことのない果物もあり、流石《さすが》はデヴァルといったところだ。

「まあ、味はみとかないとな。ヒョウカ、どれが美味しいって？」

「コレ！　コノアカイノ！」

さっそく味見をしているヒョウカの頭を撫《な》でながら、恭一郎がおやと目を向ける。

ヒョウカの指し示す先には赤い果実。リンゴほどの大きさだが、その柔らかそうな実には見覚えがあった。

持ってきた包丁を袋から取り出し、恭一郎はその赤い実を食べやすいサイズにカットする。ひょいと口に放り込むと、甘酸っぱい味が口一杯に広がった。

「……イチゴか。すごいな。こんなに大きかったら、デパートでスゴイ値段だぞ」

思わぬところでベリー系の味に出会い、恭一郎はふむと考え込んだ。

酸味が強いイチゴという感じだ。酸っぱさが目立つが、不味いというわけでは勿論《もちろん》ない。イチゴらしい甘みもちゃんとあり、上手に使えば十分主役を張れる味だ。

「よし。これ使おう。あとは、市場でもよく見るやつで……と」

珍しいという理由だけで食材を選んでも、意味がない。恭一郎は山の中から、しっぽ亭でも提供しているような果物をいくつか抜き出して、調理台の上に並べていった。

「さて、お次は……。ん？　おお。食器は陶器なのか。さすが貴族」

ふと、食器棚を見やった恭一郎は感嘆する。棚には、白い陶器が並べられていた。

この世界では、陶器は高級品だ。しっぽ亭では木の器で出しているし、こんなふうに絵付けされた皿なんかはグランドシャロンでも提供していない。割れるリスクもあるし、色々なトラブルの元になるからだ。

さらに、ナイフや匙《さじ》は金属製だった。銀食器のようなもので、こちらもやはり高級品である。手入れが大変だと、ホテルのスタッフがよくぼやいているが、それにもかかわらず、デヴァルの屋敷の食器はぴかぴかに輝いている。手入れが行き届いている証拠だ。

「はは。ちゃんと先丸めてる。仕事早いなぁ、デヴァルさん」

棚に収められているナイフは、半数ほどが先を丸められていた。

この世界では、食事用のナイフも先が尖《とが》っているのが一般的である。サリアとの会食の席では、友好を示すために先の丸いナイフを使用したのだが、デヴァルは今後も同じものを使う場面があると考え用意しておいたのだろう。こういうところが流石《さすが》と言うほかない。

「お、そうだ。ヒョウカちょっと」

「ヒョウカ。コオリ。ツクル」

さっそく氷作りに取りかかっているヒョウカを、恭一郎は手招きした。なんだろうと、ヒョウカが恭一郎に近寄ってくる。

「ちょっとお仕事追加だ」

「ヒョウカ。ガンバル」

気合いを入れたヒョウカが、よっしゃ任せろと両手を上げた。

◆　◆

「いやあ、素晴らしいですわデヴァルさん。エルダニアも、結構発展してますのね」

「ママ。ユーヤお腹すいた」

にこにこと笑みを振りまくデヴァルの前で、妖艶《ようえん》な表情の女性が扇で顔を扇《あお》いでいた。その横で、退屈そうに紫色の肌の少女が口を尖《とが》らせる。

「しかし、いい返事がいただけそうでよかったです。セフォン様も、我がデヴァル家を気に入ってくださったようで」

「あらあ、それはまだ分かりませんわよ。ふふふ」

デヴァルの笑顔に、女性は大きな笑みを返した。

笑顔と笑い声の絶えない部屋の中だが、先ほどから二人は腹のさぐり合いを繰り返している。どちらかというと、値踏みされているのはデヴァルのほうだ。

貴族だということは、商人の世界では意味をなさない。都に居を構えるシール家は、ある意味貴族をも凌《しの》ぐ影響力を持つ家だった。

噂では、シール家は当主よりもこのセフォンが実権を握っているらしい。傾きかけていた家を彼女の手腕で立て直したという経緯から、当主の旦那は奥さんに頭が上がらないというわけだ。

「さて、ユーヤさんもお腹が空いたようですし。このあたりで休憩にいたしましょうか。ちょっとした甘味をご用意しておりますので」

「ほんと!?　わぁ、ママ。甘味だって」

デヴァルの申し出に、ユーヤがセフォンの袖《そで》を嬉しそうに引いた。その提案を快く受け入れながら、セフォンは内心失望してデヴァルを見つめる。

（甘味、ねぇ。よくある手だわ。砂糖を振る舞って、ご機嫌取り。……いや、蟲蜜《むしみつ》かしら。アキタリアと仲がいいと聞いてるし。まあどちらにせよ、底が知れたわね。案外やる男だと思ったけれど。この分なら、休憩後は強気でいって大丈夫そうかしら）

セフォンは少々つまらなく思いながらドレスをいじった。甘味を振る舞ってくれるというならば、ご馳走になること自体は拒否するものではない。ユーヤも喜んでいるしと思いながら、セフォンは暑さにふぅとため息を吐く。

デヴァルが呼び鈴を鳴らすと、少し経って扉の外から声がかけられた。

「旦那様。失礼いたします」

開け放たれた扉から、恭一郎ががらがらと台車を押して入って来た。大がかりな物音に、セフォンが眉をひそめて視線を向ける。

「この恭一郎は、私の自慢の料理人でしてね。良き友人でもあるのですが、とにかくいい腕でして。いつもこうして軽食をお願いしているのですよ」

デヴァルが、入ってきた恭一郎に軽く手を上げた。恭一郎がデヴァルの家を訪れるのはこれが二度目だ。よくもまあ舌が回ると、恭一郎は心の中でくすりと笑う。

ぺこりと一礼して、恭一郎は陶器のプレートを三人の前に並べていった。

「……え？」

それを見た瞬間、セフォンの目が皿の上に釘付けになる。

真っ白な大皿。その上に、小さな陶器の器。そこに、乳白色のものがちょこんと盛られている。横に添えられているのは、ポアンのように見えた。

「アイスクリームのクッキー添えです。溶けないうちにどうぞ」

そう言って、恭一郎がユーヤに微笑みかける。それを見たユーヤが、嬉しそうに目の前の匙《さじ》を手に取った。

「きゃ!?」

指が銀色の匙《さじ》に触れた途端《とたん》、声を上げてユーヤが匙《さじ》を手放した。それを見たデヴァルが、不思議そうに自分の匙《さじ》を手に取る。

「びっくりしたぁ。ママ、この食器冷たい。……あ、お皿もだぁ」

「……冷たい？」

気持ちよさそうに器に触るユーヤを横目に、セフォンがそんな馬鹿なと自分のものに手を伸ばす。先に確かめていたデヴァルが、驚きを隠しながら恭一郎に視線を向けた。

「今日はお暑いので、器を冷やしておきました。ふふ、それでもこう暑くては溶けやすいので。お早めにどうぞ」

にっこりと笑顔で返す恭一郎の言葉を受けて、セフォンは恐る恐るアイスクリームを口に運ぶ。

ぱくりと咥《くわ》えると、口の中に濃厚なミルクの風味が広がっていった。

「わぁっ、冷たくておいしーい！　ママ、すごいね！　冷たいね！」

ユーヤが、きゃっきゃとはしゃぐ。

まさかアイスが出てくるとは思っていなかったデヴァルも、表には出さないようにしつつ素直に驚いた。そもそも、夏場にこれだけの冷えた素材をどうやって揃えたのか、想像もつかない。

誰もがアイスクリームの冷たさに心を奪われるなか、セフォンだけは別の要素にも感動していた。

ほのかなミルクの甘さ。砂糖でも、蟲蜜《むしみつ》のものでもない、優しい甘味だ。

セフォンは静かに匙《さじ》をテーブルに置く。

「……これ。これに使ってるミルク。……ホルスタウロスの」

「ああ、はい。知人の牧場主から、貴重なミルクを分けていただいたのです。普段は蟲蜜《むしみつ》を入れるのですが、せっかくですのでミルク本来の風味を味わっていただこうと思いまして」

ぽかんと、セフォンが恭一郎を見つめる。デヴァルも、アイスの材料を聞いて驚いたように目を見開いた。

恭一郎は知る由《よし》もないが、ホルスタウロスのミルクはとんでもない貴重品だ。その味だけが噂で流れるものの、本来それが市場に出回ることはない。男親と旦那が、娘や妻のそれを他人に売るのを極端に嫌うためだ。

恭一郎が一人暮らしのクゥと知り合ったのは、幸運という名の偶然だった。

「ど、どうりで。いつもより、風味が豊かだと思いました。そうですか、これがホルスタウロスの……」

デヴァルが、何とか平静を装う。幸いにも、付け合わせのクッキーを慎重に咀嚼《そしゃく》しているセフォンには、デヴァルの声の乱れは聞こえなかった。

「ところで、この大きな器。受け皿にしては大きいみたいですが」

デヴァルはそう言って大皿の余白に首を傾げる。セフォンも気になっていたようで、ちらりと恭一郎の方を見やった。

「ああ、はい。それはこちらで仕上げさせていただきます」

恭一郎は、台車の上の木の器にかかっていた白布を取り除いた。中から果物の香りが溢れ、一口サイズにカットされた様々なフルーツが露《あらわ》になる。

何が始まるんだと三人が見守る前で、恭一郎はそのフルーツを台車の上の石板の上にぶちまけた。その途端《とたん》、涼しげな風が辺りを流れる。

「ヒョウカ。ガンバル」

台車の中。本来ならば火をくべるようになっている空間では、ヒョウカが上の石板に向けて、むーんと力を送っていた。おかげで、石板は素手で触るのは躊躇《ためら》われる温度にまで冷たくなっている。

「よっと」

長い菜箸《さいばし》とへらを横に置いて、恭一郎は今朝クゥに届けてもらったフレッシュテーズを石板の上に加えた。そして、端が少し固まり始めたフルーツとテーズを、箸とへらで手際よく混ぜ合わせる。

みるみるうちにフルーツがテーズの白い化粧を纏《まと》い、酸っぱい香りが部屋を包み込んでいった。

「季節の果物のマスカルポーネテーズ和え。プラ・ド・フリュイです」

そう言って、混ぜ合わせてでき上がった料理を三人の大皿に盛りつけると、恭一郎は小さな器に入った蟲蜜《むしみつ》をそれぞれの前に置いていった。

「シロップは、サリア様からいただいたアキタリア産の蟲蜜《むしみつ》です。お好きなだけおかけください」

恭一郎に笑いかけられ、セフォンが慌てて視線を器に戻した。

「……じゃ、じゃあ遠慮なく」

一拍、ぽかんと固まってしまったセフォンが、ゆっくりと蟲蜜《むしみつ》をかけていく。それを見たユーヤも蟲蜜《むしみつ》をどぼりと落とした。

口に運ばれる作品を見ながら、恭一郎は笑みを浮かべる。そして、セフォンがもぐもぐと恭一郎の料理を噛《か》みしめた。

「お、面白い味ね。酸っぱいというか、甘いというか。テーズにフルーツ。それに、蟲蜜《むしみつ》なんて。……で、でも」

「おいしーい!!　ママ、美味しいね!!」

未知の味に困惑しているセフォンの横で、ユーヤが素直な声を上げた。恭一郎の方へ顔を向け、美味しいですとにっこり笑う。それを聞いた恭一郎は、ありがとうと微笑み返した。

実際食べてみると分かるのだが、マスカルポーネチーズと蜂蜜の組み合わせは中々に奇妙だ。違和感があると言ってもいい。だが食べ進めていくうちに次の一口を身体が欲していく、何だかくせになる不思議な味だ。

「……ふぅ」

すっかり空《から》になった皿を見て、セフォンは大きく息を吐いた。ここまで料理に夢中になってしまったのは久しぶりだ。驚くべきは、これらの料理が見たことも聞いたこともないところだろう。

「ちょっと、お話は長くなりそうね」

ちらりと視線を向けた先のデヴァルは、嬉しそうに牙を見せながら商人の笑みをセフォンに振りまいていた。

◆　◆

「へぇー。それじゃあ、大成功だったんですね」

「らしいですね。まあ、本当にすごかったのはその後のデヴァルさんなんですが」

初めての出張料理を終え、恭一郎はくたびれたようにメオからグラスを受け取った。

恭一郎は部屋の外で少し聞いただけだが、下手《したて》に出る必要がなくなってからのデヴァルはすごかった。セフォンを立てつつも、自分に有利になるように終始話を進めているのが、素人の恭一郎にも伝わってきたからだ。やっぱりとんでもない人だと、恭一郎は乾いた笑いを漏らしたものである。自分はただ、本当に少し手助けしただけに過ぎない。

「オカネ。イッパイ。ヒョウカ。ガンバッタ!!」

デヴァルからの報酬を、ヒョウカは嬉しそうに抱えている。はっきり言って、とんでもない額だ。その上、なんとあの台車は貰えるらしく、後日届けさせますとデヴァルは言ってくれた。それが報酬代わりでもいいくらいなのにと驚く恭一郎に、デヴァルは自信を持ってくださいと笑ってくれた。

『貴方《あなた》の仕事には、それだけの価値があります。ふふ、これで驚いているようだと、今回私が得をした額を聞いたら恭一郎様は卒倒してしまいますよ』

そう肩を叩いたデヴァルの賛辞を、恭一郎はありがたく受け取った。ただ、やはりむず痒《がゆ》さは消えない。ヒョウカのためにお金を稼ぐのはいいことだが、何とも慣れない恭一郎である。

「……メオさん。お金って好きですか？」

「当たり前じゃないですか。私は大好きですよ。あって困るもんじゃないですし」

何を言ってるんですかと、メオが不思議そうに眉を寄せた。確かにその通りだ。

悩める若者は年下の店長に頷く。

「恭さんは考え過ぎなんですよ。誉めてもらえたなら、ありがとう。それでいいんです」

ずずっとミルクを飲むメオに、恭一郎はなるほどと感心する。ちなみに、メオのミルクに蟲蜜《むしみつ》は入っていない。

「……ところで。その果物の料理、私も食べたいです」

ご飯抜きますからと頼み込むメオを見て、恭一郎はくすりと笑った。今度クゥに、また持ってきてもらわなければいけないようだ。

「ゴシュジン。オカネジャナイ。ハイッテタ。マズイ」

報酬袋の中にあった宝石をかじったのか、ヒョウカが青色に光る石を店の床に吐き出していた。

5　ウエディングドレスは涙の後で

「へぇ、一人でやってんのかい。そりゃあ、大したもんだ」

しっぽ亭の客席のテーブルにいつも通り足を上げながら、アイジャは横に座るクゥを眺めた。

「い、いえ。経営も実はあんまり上手くいってなくて。恭一郎さんが契約してくれてなかったら、今月は結構危なかったです」

しゅんとうなだれるクゥの肩を、レトラが優しく叩く。まあいいじゃないと、励ますように声をかけた。

「大丈夫ですよ。しっぽ亭でも宣伝してもらえるらしいし。うちの店も、恭一郎さんに宣伝してもらってから売り上げ伸びたんですよ」

そんな珍しい組み合わせの女衆に、恭一郎が冷たいミルクを差し出した。

「え、そうなんですか？　なんか嬉しいなぁ。役に立ててよかったです」

クゥがグラスを受け取り、ちらりと恭一郎の顔を見つめる。

「クゥ。ミルククレ。アイスツクル」

ヒョウカはすっかりクゥに懐いてしまっている。アイスの材料をくれる人という認識なのだろうが、何となくクゥの母性に惹《ひ》かれているのかもしれない。

じぃっと見つめてくるヒョウカのサファイアの瞳に、クゥはにこにこと手を振った。

「ほんと、クゥは立派だよ。メオなんて、危うくこの店潰すとこだったんだから」

「ははは。僕からはノーコメントで」

酒が入って笑うアイジャに、恭一郎は口角を上げた。

確かに、言われてみれば一人で牧場を切り盛りしているのはすごいことだ。家畜の世話もあるだろうに、クゥはしんどそうなところをほとんど見せない。

それにしてもと、恭一郎はクゥとアイジャを交互に見つめる。

おっきなおっぱいがいっぱい。そんなフレーズが思い浮かんだ。

アイジャは言わずもがなだが、クゥもすごい。相変わらず露出の過ぎるオーバーオールを、無造作に着こなしている。先さえ見えてなければいいんですと言わんばかりに、背中はいつも全開だ。

こほんと一つ咳払いをして、恭一郎は頬を染める。レトラだけが、恭一郎の視線の変化ににやにやと笑みを浮かべていた。

「そういえば、最近街の灯りが少なくないかい？」

「ああ確かに。言われてみればそうですね」

ふと、アイジャがこの間思った疑問を口にする。恭一郎も、仕事場から帰るときの風景を思い出して賛同した。

「あ、それなんですけど。油が足りないみたいなんですよねー」

「油が？」

レトラの言葉に、恭一郎が眉を寄せる。油はエルダニアの主要な特産品だ。ギトルという動物から取れるらしい。油ならいくらでもあると話してくれたのは、他でもないレトラである。

「母から聞いたんですけど、食用油の需要がものすごく上がってるんですよね。まあ、祭りの恭一郎さんの出店が原因だと思いますけど。……恭一郎さん、唐揚げやらガガイモフライやらのレシピを皆に公開したでしょう？」

レトラにじとりと見つめられて、恭一郎は素直に頷く。

何の変哲もない唐揚げとポテトフライを、自分のものだと言い張ったところで限界がある。真似て作るのは簡単だ。

ピッツアのときと同じように、恭一郎はそれらのレシピも街の組合に報告していた。おかげで、今ではエルダニアの至る所でそれらを口にすることができる。

「簡単で美味しいんで、皆こぞって作ってるんですよ。今では、家庭で作ってる方もいるみたい」

「へぇ。そんなことになってるとは。なんか感動ですね」

恭一郎としては、嬉しい限りだ。レシピを独占する気もない恭一郎にとっては、皆で共有するのは理想的といえる。これでエルダニアの街自体が活性化すれば、しっぽ亭の知名度も上がり、最終的にはそれが大きな利益に結びつくだろう。実際、これまでの成果が認められ始めたのか、今では恭一郎の名は結構な範囲の人々に知れ渡っている。

「確かに、あれは油使うからねぇ」

「まあ、需要が高まったのはいいんですよ。元々余ってたくらいですし。ただ、売る先の問題といいますか……」

難しそうな顔をしているレトラに、恭一郎は視線を向けた。レトラの表情から察するに、単なる供給量不足が問題ではないようだ。

興味深そうな恭一郎の表情を見て、レトラは言葉を続けていく。

「油自体はあるんですよ。そりゃもう売るほど。ただ、ここだけの話、街灯用の油の値段は足下を見られてましてね。市政に買い叩かれてたようなもんなんですよ」

「ああ、なるほど」

レトラの話を聞き、恭一郎は納得した。つまりは、より高く売れる食用油としての需要に農家の人たちが流れていったということだ。これればかりは、農家の方々も生活が掛かっているのだから仕方がない。

しかしそうなると、どうしても不安も出てきてしまう。

「でも、夜が暗いのは心配ですねぇ。街灯はこの街の売りでもあったのに」

「そういう意見も、やっぱり多いみたいですね。都から来たような人も、夜の明るさにはびっくりする街でしたから。ただ、これぱっかりは」

そう言って、レトラは目を伏せた。

実際、ギトル農家の人は生活がかなり楽になったらしいと、クゥが牧場仲間から聞いた話を補足する。それを聞き、恭一郎は少しだけ嬉しく思った。ギトルには、何となく優しい恭一郎である。

「……やっぱり、明るいってのはいいことかね？」

皆の話を聞いたアイジャが、ふむと腕を組む。巨大な胸が押し上げられて、セーラー服の前がぱんぱんに膨らんだ。おおと、レトラが小さく感嘆する。

そのまま、アイジャはちらりと恭一郎に視線を向けた。この中で、恭一郎だけが夜のない世界を知っている。

「そうですねぇ。やっぱり明るさは治安の基本ですね。僕の住んでるところでも、暗い夜道は危なかったりしました。あと、やっぱり人の活動時間が増えますすね」

日本ほど治安のいい国もそうないと思うが、そういう近代の安全は電灯によるところが大きい。明るければ人は起きて動くし、暗くなれば寝てしまうのは自然の摂理だ。

「……なるほど。じゃあ、夜を明るくすれば役には立つんだね」

「役に立つなんてものじゃないですよ。文字通り、世界がひっくり返るんじゃないですかね」

アイジャが何を悩んでいるかを察して、恭一郎は笑みを浮かべた。そっと、アイジャの肩に手を触れる。

「お手伝いしますよ。一緒に頑張りましょうね」

「ば、バカっ。皆の前でっ」

恭一郎の囁《ささや》きにぼっと顔を赤くしたアイジャが、慌ててレトラとクゥの様子を窺《うかが》う。二人とも、視線を合わせないようにそっぽを向いていた。うぅと呻《うめ》き、アイジャがとんがり帽子で顔を隠す。

「……あの、レトラさん。恭一郎さんって」

「そこがいいのよ。ぐひょひょひょ、私たちだって攻めようによってはあるいは……」

恭一郎には聞こえないように、レトラとクゥがひそひそと話す。

恭一郎は、前髪をせわしなく指に巻くアイジャをにっこりと見つめていた。

「そ、そういえばこの前、知り合いの方が結婚したんですよ」

何か話を変えたほうがいいのかなと思い、クゥが小さく手を叩いた。その場の女性全員が、興味深げにクゥに視線を向ける。女の子だったら誰でも気になってしまう話だ。

「お肉焼いて、余所《よそ》行きの服着て。花嫁さん幸せそうだったなぁ」

うっとりとした様子で話すクゥに、恭一郎が好奇心で質問する。この世界の結婚についてだ。

「ここらへんって、結婚式はどんな感じなんですか？」

「どんなって、さっき言ったような感じですよ。新居があれば新居に、そうでなければ実家に親戚やら友人やらが集まって、みんなでお祝いするんです」

楽しそうに話すクゥを見て、へぇと恭一郎は声を出す。簡素だが、幸せそうだ。結婚を祝うのは、地球でもこの異世界でも共通の事柄らしい。

「結婚式か……」

恭一郎はぼけーっと天井を眺めた。いつかは自分も、することになるのだろうか。その前に、何としてもヒョウカの身分を解放するお金を稼がなければ。そしてメオにプロポーズを――。

「……って、あああああああっ!! 結婚式っ!?」

急に大声を上げた恭一郎に、その場の全員がびくりと身体を震わせる。何事かと恭一郎の方を振り向くが、恭一郎は自分の頭を押さえて顔を歪《ゆが》めていた。

何でこんな簡単なことに気づかなかったんだと、恭一郎は自分のうかつさを呪う。もはやこの流れは、恭一郎の様式美になりつつあった。

「結婚式、すればいいんだ」

隣のアイジャが、ぎょっと目を見開いたのは言うまでもない。

◆　◆

「ばんけっと、ですか」

恭一郎の資料に目を通しながら、シャロンは感心したように呟いた。横からセバスタンが資料を覗《のぞ》き込み、思わず素晴らしいと口が動く。ちなみに、資料はシャンシャンが恭一郎の話を聞いて必死に纏《まと》めてくれた。

「はい。何もホテルの利用者を宿泊客に限定する必要はありません。せっかく高級な設備や広大な敷地があるのですから、部屋や広間を貸し出せばいいんです」

ホテルというのは、ただの巨大な宿屋ではない。そのことを、恭一郎自身忘れていた。シャロンが、興味深げに視線で恭一郎に先を促す。

「主な用途は、結婚式や貴族の方々の社交会など。検討していた土地の利用法は、汎用的な宴会場を作ればいいと思います。人生の節目を彩るのに相応しいような、高級感漂う場所にすればいい」

恭一郎のプレゼンを聞き、シャロンはゆっくりと話を吟味する。貴族の社交会はどこかの貴族邸で行われるのが常だが、それがホテルのような場所であっても、確かに問題はない。

「しかも、日程によっては参加者の宿泊も見込めますね。実際今も、都から何かの社交会に出るためにエルダニアに来て、うちにお泊まりになるお客様もいらっしゃいますし」

セバスタンに後押しされて、シャロンがふむと頷き書類を置いた。そして、にこやかな表情を恭一郎に向ける。

「さすがです。いいでしょう、この案でいきたいと思います」

その顔を見て、ふぅと恭一郎が肩の力を抜いた。

「ですが、ちょっと不安なのは書類に書いてある結婚式についてですね。恭一郎さんのアイデアのようなプランは、わたくしも見たことがないので」

「確かに。この、ケーキカットですか？　そもそもケーキとは一体」

不思議そうな顔をしている二人に、恭一郎は思わず額に手を当てた。ひとまず恭一郎の知る結婚式のプランを書き出したのだが、そんなものは当然この世界にあるわけがない。

「まあ、楽しそうですし。試してみますか。……これ、一度通しで再現してみましょう。会場を作った後だと、不都合が出たときに困りますし」

「そうですね。料理のほうも、実際に手が回るか確かめてみませんと。……最大、五十人前ほどですか。会場が調理場から離れてますから、私では判断付きかねます。カジーに意見を聞いてみましょう」

次々と、恭一郎の目の前で今後の予定が組み上がっていく。この二人はやはりすごいなぁと思いつつ、恭一郎はこれで自分の役目は終わったと気を抜いていた。

「では、模擬結婚式を予定地でやってみましょう。新郎役は恭一郎さんだとして、そうですね。……新婦役は恭一郎さんに選んでもらいましょうか。どなたか一人選んで、連れてきてください」

だから、淡々と述べられたシャロンの言葉に、反応が一瞬遅れてしまった。

「……え？」

にっこりと笑うシャロンは、念を押すように部下に向けて言葉を発した。

「いいですか。くれぐれも一人ですよ」

◆　◆

「ふふふ、いいかいメオ？　恨みっこなしさね」

「あわわわ。え、えーと。えーと」

何でこんなことになってしまったんだろうと、恭一郎は二人を見つめた。


『『結婚式を挙げるぅぅ!?』』

シャロンからの上司命令をしっぽ亭で話した瞬間、声を張り上げたのは二人だった。

その二人とは当然、メオとアイジャである。

勿論《もちろん》、恭一郎とて説明はした。ただの模擬式典であること、本当の結婚式ではないということ。

ただ、二人にとってはそんなものは些細《ささい》なことであったらしい。

（きょ、恭さんと結婚式。花嫁衣装。し、しかもホテルで。し、したい。嘘でもいいからしたい）

（ふふふ。練習だろうが嘘っぱちだろうが、どうでもいいさね。そのままの雰囲気でゴールインだよ）

ごごごごという効果音が後ろに聞こえてきそうなメオとアイジャを見つめながら、恭一郎ははら

はらとした表情で事態を見守っていた。

ちなみに二人の気迫に押されて、リュカをはじめとした他の面々は辞退を表明している。

『じゃ、じゃあ。ジャンケンで決めましょう……？』

バチバチと火花を散らして対戦方法を決めようとする二人に恭一郎ができたのは、そんな提案だけだった。

無論、二人はジャンケンなど知らなかったわけだが、公平なゲームであることは理解してくれたらしく、それで決着を付けようじゃないかという話で落ち着いた。

『へぇ。三つ巴ってわけかい。……こいつぁ、公平だねぇ』

ただ、ルールを聞いているときのアイジャの表情が、恭一郎には気になった。しかし、そんなことを口にする暇もないまま、女の戦いは幕を開ける。


「いくよ、メオ。じゃーんけん……」

「あわわ。えーと、これがパーで。これがグーで……」

アイジャが拳を胸の陰に隠し、メオがあわあわと手の作りを確認する。そして、そのままの流れで二人は手を突き出した。

「「ぽんっ!!」」

恭一郎は審判員としてしっかり確認する。示し合わされた手は……。

「あいこーでっ!!」

両者ともにパーだった。にたりと笑みを浮かべたアイジャがあいこの宣言をして、再度拳を振り上げる。

「え？　あっ、あいこで……し、しょっ!!」

そして、一瞬時が止まっていたメオが慌ててアイジャに釣られるように手を出した。

「……ふふ。あたしの勝ち、のようだね」

「うぅ。ま、負けぇ……」

決着。ふるふると震えるメオの右手は堅く握りしめられ、アイジャは悠々とその勝利を手のひらでつかみ取った。

「ま、運の勝負だ。悪く思わないどくれよ」

「にゃぅう。か、勝ちたかったですぅ。きょ、恭さんと結婚式ぃ……」

メオは自分の拳を見下ろしながら、涙目で負けを認める。悔しいが、勝負は勝負だ。仕方がない。

「よろしく頼むよ、キョーイチロー」

振り向いたアイジャの表情は、これ以上ないくらいに輝いていた。

「あの。今さらですが、あの勝負……公平な運の勝負ですよね？」

アイジャの部屋で模擬結婚式の打ち合わせをするために、恭一郎はアイジャと二人並んでベッドに腰掛けていた。アイジャはにこにことして、それはもう上機嫌だ。

「ん？　そりゃ、公平さね。でも、運だけじゃないよ」

「……え？」

ふと思いついた恭一郎の問いかけに、アイジャがきょとんとした顔で答える。どういうことだろうと、恭一郎はアイジャに顔を向けた。

「本当に運だけにしたいなら、それこそコインの表裏で決めればいいさね。まあ、あのジャンケンもよくできてはいるけど、人がやる以上は勝率は上げられるね」

電子タバコを口に運びながら、アイジャは右手でグー・チョキ・パーを作って見せた。

「これ、チョキだけちょっと難しいだろ。あたしも最初にお前さんが見せたときは、一瞬指の作りを確認したよ。メオなら、あれだけじゃ完全には把握できてないんじゃないかな」

そういえば、ルール説明がやけに早く終わった気もする。思い返してみると、確かにメオはまだ手の形を確認していた段階だった。

「練習する時間があるなら話は別だけどね。あの短時間でなら、メオはまずチョキは出さない。なら、パーを出しとけば、とりあえずは負けないだろ？」

目の前でアイジャがグーとパーを差し出すのを見つめながら、恭一郎はぽかんと口を開けていた。なおも、アイジャの勝利の方程式の解説は続く。

「んで、もしあいこになっても大丈夫さね。あいこなんて、あの子の頭の中で準備ができてない。

案の定、一瞬止まっちゃってたしね。んで、そうなったらもうパニックだ。チョキはますます出せないよ。後は、あの子の性格上そんなときに同じものは続けて出さないだろうから、二回目もパーを出しときゃ勝てる」

淡々と話を続けるアイジャに、恭一郎の背中はぞくりと震えた。

話としては分かる。恭一郎も、そんなジャンケンの必勝法を小耳に挟んだりしたものだ。昔やっていたテレビ番組で、いきなりジャンケンをやったときに最も勝率が高いのはパーだという話も、嘘か誠か聞いたことがある。

だが、それをあの一瞬で気づけるものだろうか。アイジャは、その数十秒前まではジャンケンの存在すら知らなかったのだ。

ルール説明にだって、おそらく一分もかけていない。アイジャの話が本当だとすると、アイジャはその短時間で理解して恭一郎に説明を早々に切り上げさせ、メオに練習と落ち着く暇を与えず、さらにはあいこのときの場合まで考えて勝負していたということになる。

「ああ、まさかこの歳で花嫁衣装を着れるとはねぇ。しかもお前さんの隣で。嘘でも嬉しいよ」

頬を赤らめながら恭一郎との式を想像しているアイジャを見て、恭一郎は可愛いなと思う反面、思い出した。この目の前の美しい女賢者が、百戦錬磨の英雄だということを。

（うう。メオさん、なんかごめんなさい）

勝負方法を決めた責任を感じて、恭一郎は少しメオに申し訳なく思うのだった。

◆　◆

「ふふ、ふふふ……」

恭一郎が去った後のベッドの上で、アイジャは一人にやつく顔を抑えられないでいた。恭一郎の前では何とか我慢したが、もう限界だ。弛む頬を止めようがない。

熱くなる身体を少しでも冷まそうと裸で横になってみたが、まるで意味がなかった。疼《うず》く子宮の鼓動に、アイジャは恭一郎の顔を思い出す。

「……結婚式。あたしが」

考えただけで、かあと頬が真っ赤に染まった。正直、自分が結婚式を挙げるなど考えたこともなかった。夢にすら、見なかった気がする。恭一郎とのことだって、何だかんだで具体的な想像はできないでいた。

「うぅ、うぅうう」

気恥ずかしさで、かけ布を抱きしめながらベッドの上をごろごろと転がる。自分が花嫁衣装を着ているところを想像して、アイジャの羞恥は限界に達した。

「キョーイチロー。キョーイチロー。……うう、好きだよぉ」

愛しい男の名前を口に出し、そしてアイジャの奥が音を立てたように震える。ぎゅっと、布を胸ごと抱きしめた。

メオには悪いが、ここは譲れない。

自分のような存在が、愛する人と光立つ場所で祝福されるのだ。

嘘でもいい。むしろ、嘘でないと逃げ出してしまいそうだった。

恭一郎への想いを抱きしめながら、アイジャはゆっくりと腕に込める力を増していく。

「……どうせ嘘なんだ。これくらいは、許しておくれよ」

誰に向けたか自分でも分からない懇願は、裸の身体に溶けていく気がした。

「んっ……」

びくりと震える身体が、今はただ熱い。

どうしようと、アイジャは一人、輝く二つの月の下で生まれたままの身体を抱きしめた。

「……嘘っぱちの花嫁、か」

それでも構わない。

アイジャは一人涙を流す。

これはきっと、嬉し涙だ。

◆　◆

「なぁ、キョーイチロー。ちょっとそこのグラス取っておくれよぉ」

むにゅりと、アイジャの柔らかな胸の感触が恭一郎の肩と腕を包み込む。張り裂けそうなセーラー服の生地越しに、恭一郎はアイジャの肌の温もりを感じていた。

「はい、グラスですっ！　ちょ、ちょっと、くっつきすぎじゃないですかねぇ！」

どんっと、アイジャの目の前にグラスが叩きつけられる。めきりと木製のテーブルがへこむ音に、恭一郎は身を竦《すく》めた。

「仕方ないさね。ほら、来週には結婚式しないといけないからさ。役作り役作り。夫婦らしさを出さないといけないし、キョーイチローの大仕事だ。メオだって、成功させてやりたいだろ？」

「にゃぐぐ。なんと卑劣《ひれつ》な。よもや恭さんのお仕事を盾にするとは」

にししと笑い、さらに胸の押しつけを強めるアイジャに、敗者のメオは拳を握りしめることしかできない。それに、ある程度はアイジャの言い分にも理があるのだ。

「今日はアランに寸法測ってもらうし。ああ、楽しみだねぇ。花嫁衣装」

「うぅ。羨ましいですぅ」

メオが悔しそうにアイジャを見つめ、恭一郎は二人の陰で背を丸めて、ずずずとミルク粥《がゆ》をすすっていた。

結婚式の予定が決まって以来、しっぽ亭はこんな調子だ。アイジャはいつも上機嫌だし、メオも基本的には何だかんだ言いつつ納得している。

「リュカも頑張るよー。頑張って持ち上げるねっ」

「ヒョウカ。ガンバル」

楽しそうにリュカとヒョウカが顔を見合わせた。ちびっこ二人組には、ドレスの裾を持つ役をやってもらう手はずになっている。シャロンもこの演出は気に入ってくれて、是非ということになった。リュカとヒョウカならば、見た目的にも華やかで問題はない。

「私は特に何もしませんけどねー。呼んでもらえるだけありがたいですが」

ふふふと、メオが遠くを見つめて微笑みだす。

実際の式ではないので、基本は関係者のみにお披露目する予定だ。ただ一般の人の意見も聞きたいので、メオやアランなど恭一郎の知り合いを何人か招待している。

「ゴシュジン。ゴハン。タベレル？」

「ああ、いっぱい出るぞー。カジさんと話したんだけど、ちょっと変わった形式になると思うからさ。楽しみにしてるといいよ」

恭一郎の言葉に、ヒョウカの顔が小さく綻ぶ。相変わらず表情の動きは小さいが、だんだんと豊かになってきていることを実感し、恭一郎は愛しい娘のようにヒョウカをよしよしと撫《な》でた。

「あたしも当日は飲むぞー」

「……え？」

ヒョウカを見つめていたアイジャが、よーしと気合いを入れてグラスに酒を注いだ。それを聞いた恭一郎が、驚いてアイジャの方を振り返る。

「アイジャさん、まさか飲むつもりですか？　新婦役で？」

「え？　……だめなのかい？」

　一瞬、しーんとしっぽ亭が静まりかえる。恭一郎に聞き返したアイジャが、返事を求めるように周りを見渡した。目が合ったメオが、私は分かりませんと首を横に振る。

「花嫁さんって、お酒飲んじゃだめなんですか？」

「い、いや。だめとは言いませんけど。酔っぱらうのはまずいですよ。ホテルに出資してくれる方とかも見に来るのに」

　恭一郎がメオの質問に、当たり前じゃないですかと手を振った。それを目で追ったアイジャが、とんでもなく悲痛そうな顔をする。

「人生の絶頂期に、酒、飲めないのかい？　そっか……飲め、ないのか。そっか……」

　しょぼんと、本当に見るからにアイジャが肩を落とす。ふるふると心なしか震えていて、今にも泣き出しそうだ。

「ああ、でも。参加者の人は自由に飲めますんで。おつまみとかは沢山出ますよ」

「人が飲んでるのに、あたしは飲めないのか……。あたしの、式なのに……」

　どんよりと、アイジャにお通夜ムードが漂っていく。

　先ほどまであんなに上機嫌だったのに。本当にこの人はお酒が好きだなと思いながら、恭一郎はアイジャを元気づけようと慌ててフォローした。

「ほ、ほら。終わったら僕がお酒つき合って上げますから。ね？」

「……ほんと？」

恭一郎の言葉を聞き、アイジャが上目遣いで恭一郎の顔を見た。うるうるとした顔があまりに可愛らしくて、思わず恭一郎はうぐっと喉を詰まらせる。

「じゃあ、我慢するよ。ふふ、初夜が楽しみだねぇ」

「え、えと。あ、はい……」

変な意味ではないと己に言い聞かせて、恭一郎はこほんと咳払いをした。

「あー、なんか暑いですね！　ヒョウカちゃん、あそこの二人冷やしてくれませんっ！　ああ、暑い暑い!!」

「テンチョー。オサケノム？」

こんちくしょーと言わんばかりに、メオがぐびぐびとミルクの入ったグラスを飲み干す。今日くらいは、蟲蜜《むしみつ》入りでもいいだろう。

◆　◆

「やっぱり無理ですか」

ホテルのレストランの厨房で、恭一郎はカジーの話に真剣に頷いていた。タコの亜人の料理長カジーも、六本の腕を全て組みながら、うーんと頭を悩ませている。

「あんたの言ってた、コース料理だっけか？　ありゃあ、すげぇよ。大発明だ。革命と言ってもいい。だけど、ちょっと結婚式じゃあ無理だ。手間がかかりすぎる。給仕係の負担も考えると、一度に捌《さば》ける人数は十人前ってところだな」

それを聞いて、恭一郎は式の料理を考え直さないとなと思案する。

カジーが言うには、コース料理の難しさは、個々人の食べる速さが違うところにあるらしい。常に温かい料理を出せるのは非常に魅力的だが、それを実現するにはスタッフの教育を含め、まだまだ時間がかかるようだ。

「コース料理は試験的にレストランで少人数に出すとして、問題は目前の式の料理だな。やっぱり作り置きの立食形式しかないぜ。伝統的な、庶民も貴族も親しんできた宴会の形式だ」

「バイキング形式ですか。……確かに、それが一番無難かもしれませんね」

結婚式で立食パーティと聞くと、日本育ちの恭一郎にはやや違和感があるが、皆でわいわいと花嫁たちを祝福するには案外適しているかもしれない。海外ではわりと一般的なお祝いの仕方だ。

「しかし、参列者がうろうろと式場内を歩き回るのはどうですかね？　人気の料理のテーブルに人が固まったりしそうですが」

「そこらへんは、料理を分散させよう。一つのテーブルに、色んな料理を並べるんだ。それを何組か配置する」

なるほどと、恭一郎はカジーの案に頷いた。やはり貴族相手のパーティを仕切っていただけあって、ここらへんはカジーは専門家といえる。

「お前さんの企画のいくつかは、それぞれのテーブルを回るしな。一応、お客の誰がどのテーブルにつくかは決めておいたほうがいいだろうな」

「なら、変更点はあまりありませんね。椅子がなくなって、あらかじめ料理が並んでる状態でスタートするって感じですか」

細かいところも大分決まってきて、恭一郎はだんだんと見えてきた異世界での結婚式に、少し胸を弾ませる。

「うわぁ、この料理美味しいですぅ。ねぇ、チーフ。シャンシャンも式に出ていいんですよね？お料理食べていいんですよね？」

そんな恭一郎の横で、シャンシャンは試作の料理をぱくぱくと口に放り込んでいた。恭一郎は、シャンシャンの方を振り向いてゆっくりと笑う。

「ええ、むしろ出ないと駄目ですよ。シャンさんはメイド役ですから。お客様のお世話をしっかりしてくださいね。あ、当然料理に手をつけちゃだめですよ？」

「そ、そんなぁああ。シャンシャン、あんなに資料作るの頑張ったのにっ!!」

がびんと毛を膨らませる狼娘を見つめ、恭一郎はくすくすと笑ってしまう。最近は、シャンシャンをからかうのが楽しくなってきている恭一郎である。

「それと、見てもらいたいもんがあるんだ」

シャンシャンの頭を撫《な》でている恭一郎に、カジーが声をかけた。何やら不敵に笑うカジーを見て、恭一郎は首を傾げる。

珍しく得意げなカジーが、ちょいちょいと触手で手招きをする。恭一郎が近づいていくと、カジーは厨房の隅に掛けられていたカーテンをぐいと外した。

「うわっ！」

カーテンの奥から出現した物体を目にして、思わず恭一郎の声が上がる。驚愕《きょうがく》した瞳で見上げる恭一郎に、カジーは満足そうに微笑んだ。

「どうだ。お前さんの図面よりも豪華にしといたぜ」

そう言って笑うカジーの声を聞きながら、恭一郎は目の前の白い物体を見つめた。

ウエディングケーキ。恭一郎の背丈をも超える白い塔が、厨房の天井に迫る勢いで鎮座《ちんざ》している。

「こ、これ。よく、これだけ大きな……」

驚きのあまり、恭一郎の声が震えてしまう。図面では、腰くらいまでの大きさだったはずだ。確かに、テレビなんかでは巨大なウエディングケーキを見ることもあったが、実際は技術的に難しいだろうと、恭一郎は手心を加えた図面をカジーに渡していた。

しかしどうだ。目の前にそびえる巨塔は、まるで大御所芸能人の結婚式用のもののようだ。ハリウッドスターでも挙式するのかという感じである。

「初めはお前さんの図面通りに作ってたんだがな。視察に来たオーナーに、『うんと豪華にしなさい』って言われたもんでよ。ちぃっと張り切っちまったぜ」

いい顔で笑うカジーは、力を出し切ったと言わんばかりだ。確かに、これだけのケーキがあればプロモーションとしては最高だろう。

それにしても、さすがはシャロンである。何やら異世界を見くびっていたことを咎《とが》められたようで、恭一郎は思わず頬を掻いてしまう。

「わほぇぇ。これ食べ物なんですかぁ？　すごいですぅ」

間抜けな顔でケーキを見上げるシャンシャンに微笑みながら、カジーは六本の腕を強く組んだ。

「まぁ、まだ見た目だけだ。甘いポアンにバタークリームを塗りつけただけだしな。スポンジだっけか？　ちょっと時間かかりそうだ。強度の問題もあるし、今度の式はポアンでいかせてもらうぜ」

「もちろんですよ。いやぁ、ありがとうございます。アイジャさんも喜びますよ」

少し悔しそうなカジーに、恭一郎は笑顔で頷く。

実際、スポンジケーキが間に合わないのは仕方ないだろう。式の途中で倒れても困るし、カジーの意見には恭一郎も賛成だ。

「あの、これは練習用ですよね？　シャンシャン食べちゃだめですか？　捨てるのは勿体《もったい》ないですよぉ」

懇願するようにケーキを指すシャンシャンに、恭一郎が笑みを浮かべる。確かに、捨ててしまうのは惜しい。

「……何人分くらいだろ」

ウエディングケーキを見上げながら、恭一郎はうーんと眉を寄せるのだった。

◆　◆

「……胸の間に小さい瓶を仕込めば。いや、飲むときバレるか。うーん。キョーイチローと約束しちゃったしなぁ。でも飲みたいなぁ」

部屋の中で、アイジャは己の酒の欲求と闘っていた。昼間はああ言ったものの、自分だけ飲めないのはあまりにも辛い。

「せめてタバコ吸えたらなぁ。それも止められちゃったし。……キョーイチローから、せっかく貰ったのに」

ぷくっと、アイジャは頬を膨らませる。

いつもの電子タバコも、恭一郎にダメだと言われてしまったのだ。

恭一郎との思い出の品。アイジャとしては当然式にも持って行くつもりだったが、吸えないと言われて残念極まりない。

「やっぱり、嘘っぱちか……」

これは恭一郎の仕事の一環で、自分はたまたまその相手役に選ばれただけだ。それは分かっているが、切ない気持ちにアイジャは胸をぐっと握った。

「……本当なら、許してくれるかな」

想像する。これが本当の結婚式ならと。たぶん、お酒もタバコも、恭一郎は笑って許してくれるだろう。アイジャさんらしいですねと、騒々しい式のプランを一緒に考えてくれそうだ。いや、そうに決まってる。

「ふふ。……嘘でも、嬉しいってんだから。ほんと、惚れたほうはどうしようもないもんだねぇ」

全身が喜んでいるのだ。一日でも、一瞬でも、彼の中で自分が花嫁になれればいい。

それで、十分だ。

「……みんな。あたしは今、幸せだよ。好きな人が、できたんだ」

久しぶりに、かつての彼らの顔をしっかりと思い出せたような気がする。

「キョーイチロー」

愛しい人の名前を呟いて、アイジャの意識はまどろみの中に落ちていった。

◆　◆

「どうですか？　これがお話しされたものに近いとは思うんですけど」

屈んだオーバーオールから、ぶるんと白と黒の柔肌が見える。恭一郎は顔を背けながら、クゥが差し出した匙《さじ》の中身を横目で見た。

白い固まり。ふんわりとした、固形物と呼ぶのは躊躇《ためら》われるそれは、乳製品の優しい匂いを恭一郎の鼻に送ってくる。クゥから匙《さじ》を受け取ると、恭一郎はそれをぱくりと口に含んだ。

濃厚な乳のコクが舌の上を溶けていった。しっかりとしているが、温かい旨みだ。正直、恭一郎が想像した何倍も美味しい。

「うん。すごい美味しいです。これで大丈夫だと思います」

よく見ると、恭一郎の知っているものよりも黄味がかっていて、まさにクリームといった色をしている。クゥの作ったもののほうが、より豊かな風味を持っている気がした。

「生クリーム、ですか。私たちはときどき食べたりしますけど、商品として売ることはないですね」

「そうですか。うーん、これって沢山作るの難しいですか？」

恭一郎の質問に、クゥが思案して腕を組む。むにゅりと前からもはみ出した乳から視線を外しながら、恭一郎はクゥの返事を待った。

「単純に、取れる量が少ないんですよね。私の牧場だけだと、厳しいかも。でもホテルで使っていただけるんなら、協力してくれる人は多いと思います。知り合いに声をかけてみますよ」

任せてくださいと鼻を鳴らした際に、首もとのベルががらんと揺れる。ありがたいことに、クゥ自身も牧場の経営のためにホテルへの協力は惜しまないつもりらしい。

「そうだ、クゥさんも俺の結婚式に来てくださいよ」

生クリームの味を確かめながら、恭一郎がクゥに顔を向ける。クゥは突然切り出されてガラガラと首のベルを振り回した。

「……え？　って、ぇぇえええぇ!?」

クゥの驚く声を聞きながら、そういえば詳しい話はしていなかったなと、恭一郎は今さらながらに思う。

「そ、その……メオさんとですか？」

「いえ、アイジャさんと」

それを聞いた瞬間に、クゥがふらっと身体をよろめかせた。

さて、どう説明したものかと、恭一郎は生クリームの残りをぺろぺろと舐《な》めるのだった。

◆　◆

「うーん。どうも上手くいかないねぇ」

部屋の中で一人、アイジャはごちゃごちゃとした机の上を見つめていた。口に咥《くわ》えた電子タバコがぱたぱたと上下に揺れる。

「魔法理論だけじゃあ、限界か。恭一郎はなんて言ってたかな」

あれから、何だかんだで恭一郎の世界の話は聞いていない。二人きりになると異性として意識してしまうし、恭一郎が異世界人と知らないメオの前ではどうしても話せないからだ。

「……結婚、か。あたしゃどうしたいのかねぇ」

今度の式、嬉しくないと言えば嘘になる。花嫁衣装を好きな男の横で着られる。女にとってこれほど幸せなことはない。

けれど、自分は本当にそれを望んでいるのだろうか。

浮かれてはみたものの、嘘っぱちだと悲しんではみたものの、果たして自分は、『本物』を手にしたいのか。

「ふふ、こんなことで悩んで。……みんなが見たら、大笑いだね」

かつての大戦で、己の手を血で汚し、数多《あまた》の屍《しかばね》を踏みしめて進んできた。前へ。ただ前へ。

倒れゆく友を振り返らず、事切れた盟友を盾にして、一歩でも先へ、一人でも多く。そうやって進んできた。

気づけば、全てを背中に置いてきていた。

「英雄、か」

想う。自分と彼らに、どれほどの差があるのだろう。何故自分なのだろう、と。

『アイジャさんの魔法なら、世界を変えれますよ』

想う。

「あたしで、よかったんだ」

変えてみせる。彼らが未来を託したのがあたしであった理由を、世界に示してみせる。共に歩むと言ってくれた愛する人の笑顔を、彼らの答えにしてみせる。

深く息を吸い、アイジャは静かに目を細めた。冷たく、重く、自分を海底に沈めていく。

「……う、うぅ」

それでも、見える。あの笑顔が、光が。

「きょーいちろぅ」

もう少しだけ。そう願う。

彼となら、きっとたどり着けるから。

深海に沈みながら水面を見上げ、身体を溶かしていく。

深く深く、静かにアイジャは目を瞑《つむ》った。

まどろみの中で探した光はどこまでも遠く、アイジャは伸ばす腕を、そっと胸に抱くのだった。

◆　◆

閃光が瞬いた。
その瞬間、目の前の世界が弾け飛んだのを覚えている。
『特記対象負傷ーッ!!　被弾ッ!!　退避急げぇッ!!』
『何をしてるっ！　急げっ！　何としてもこの子だけはっ!!』
隊長の叫ぶ声が聞こえる。
何故だ。あたしは何をしている。
空。何で空が見える。
「あっ、うあっ……」
出ない。何故声が出ない。何故身体が動かない。手が、手が上がらない。
『動くなアイジャ！　もういいっ！　もういいんだっ！』
『くそっ、来るぞッ！　来る、来るッ、来るッ!!』
再びの閃光。
分かる。思い出した。
やめろ、やめてくれ。あたしなんか捨ててくれ。みんな、何であたしを。
響きわたる悲鳴。燃えさかる大地。

炎の壁の向こうで悠然とこちらを見下ろす、巨大な影。

広げた翼は天空を覆い尽くし、その咆哮《ほうこう》は地形を変えてしまう。人の英知の先をも超えた、絶対的な死の象徴。

アキタリア守護聖龍、ドラグリュード・リュグドラシル。

かつて誰もその恐怖を目の当たりにしたことのなかった化け物は、一瞬にして敵味方ひしめく戦場を灰燼《かいじん》に変えた。

『敵中央部ッ！　再びの魔力凝縮を確認ッ！　リュグドラシル、第二波来ますッ！』

『ッ⁉　左後ろ上方からも敵騎っ‼　龍種の大群だっ‼　来るぞっ‼　太陽を背に飛んでくるっ‼』

『怯むなあッ！　この子だけは死なせるんじゃないッ！』

見える。守護聖龍。

駄目だ。あたし以外じゃ無理だ。あたしだ、あたしが殺さないと。

前髪が音を立てて弾ける。まだだ。まだいける。まだ絞り出せる。

「はな、し……て」

あたしが、殺る。あたしが殺らないと。

『いいんだ。今はもう、いいんだ。すまんアイジャ。守れなかった。許してくれ。だが……』

違う。何で謝る。謝るのはあたしのほうだ。

みんな、みんな何で死んでる。何でだ。

あたしが、あたしを……。

『頼んだぞロゼッタ！　この子を頼むッ!!』

『任せて、後は大丈夫っ！　ありがとう!!　……ありがとうっ!!』

やめろ。何で戦線を離脱してる。ロゼッタ。やめろ。

まだみんなが。あたしのためにみんなが。

『頼んだぞ。我々大人が、この子を戦争の部品にしてしまった。せめて、せめてっ！』

やめろ。やめてくれ。戻してくれ。

やれるんだ。あたしはまだ戦えるんだ。

「ああ、うぁあああああッ……」

巻き戻る。何度だって。何度だって巻き戻る。

隊長。エヴァンス。キッス。リューエイ。キサラギ……サーシャ、百八十四人、全員が巻き戻る。

死んだ。みんな死んだ。何故だ。

オスーディア歴　六百八十二年　夏の三期十八日目
後に『龍神の戦い』と呼ばれたアキタリア広原での戦いは、大戦初期から中期にかけてのオスーディア側の劣勢を招いた要因と考えられている。

『第六十四・六十八連合特別部隊、壊滅か。明日より再編成に移る』

特記対象【アイジャ・クルーエル】を損傷したオスーディア側は、当初、対象の修復と改修に八十二日を要すると判断した。

『諸君等の任務は一つだ。特記対象【アイジャ・クルーエル】を作戦開始地点まで輸送し、作戦遂行後、無事に回収し帰還すること』

その期間中、特記対象【ゴーン・ゴーズ・ゴーレイ】の消失及び、アキタリア特記対象【ドラグリュード・リュグドラシル】の損壊を受けたオスーディア上層部は、【アイジャ・クルーエル】の早期再配備を指示、精神面の損傷は問題なしとの判断を下した。実験途中の魔法回復剤の使用を容認し、結果、修復予定は大幅に短縮され、四十三日で対象を再配備することが決定した。

『何で彼女なんですかっ⁉　もうこれ以上は無理ですっ、まだ子供なんですよっ⁉』

『子供？　馬鹿を言え、年齢など関係ない。アレは特別優秀な魔法兵器だよ。アキタリアの守護聖龍のように、制御を誤るということもない』

ああそうだ。あたしは兵器だ。

……あたしが殺した人たちが生きていれば、今頃はどんな人たちになっていたんだろう。

何故あたしだけ生きている。あれだけの傷を負って、何故あたしだけが生きている。

決まっている。守ってくれたからだ。彼らが、彼女たちが。

『護衛はいらない。アイジャ隊は、もういらない』

壊れるまで。痛くない。苦しくなんかない。

悲しいときはいつも、あたしの背中にはみんながいる。

振り返らない。振り返る必要なんてない。

全てを背中に捨て去って、あたしは独りで戦ってみせる。

◆　◆

目が覚めて、思わず顔を触る。慌てて右手を動かして、触れたとんがり帽子を胸へと引き寄せた。

帽子を固く抱きしめて、ふるふると震える身体を押さえる。未だに溢れてくる弱さに、あたしはぐっと奥歯を噛《か》みしめた。

「何が……ッ」

窓から射し込む月の光から逃げるように、身体を丸めて横になる。

泣きはしない。その時間は、とっくの昔に通り過ぎた。

後悔をして、感謝をして、気がつけば英雄になっていた。

本当に気がつけば、いつの間にかそう呼ばれていた。

何故なんだろうと、今でも思う。あたしのどこが、英雄なのだと。

「さみしいよ」

呟く。いくつになってもこうだ。いくら強くなったと思っていても、あたしは何にも変わっちゃいない。

帽子を胸に抱き抱えながら、あたしは眠りに戻っていく。また巻き戻る。あの、独りぼっちの時間に。

「……キョーイチロー」

彼の笑顔を思い出したら、少しだけ、ほんの少しだけ寂しくなくなった。

◆　◆

「いやあ。アランの奴に見せてもらったけど、花嫁衣装すごいことになってるね。キョーイチローが原型のアイデア出したらしいけど、相変わらずというか何というか……」

夕食前、営業日でないため客もいないしっぽ亭の食堂には、アイジャとメオの二人だけが座っていた。

アイジャの自慢話を聞きながら、メオは皿に盛られたサンドイッチをアイジャの前に並べる。アイジャはそれをひょいと摘み、口に放り込んだ。

「んっ、美味《うま》いじゃないか。何だかんだで、メオも上手くなったもんだね。最初の頃といったら……」

「アイジャさん」

もぐもぐとサンドイッチを咀嚼《そしゃく》するアイジャの感想を、メオが静かに断ち切った。アイジャはその声色が普段と少し違うことを不思議に思い、メオへゆっくりと視線を向ける。

「なんだい？　怖い顔して」

軽く聞いてくるアイジャの口調に、メオははっきりと言い放った。

「……無理しなくて、いいですよ。今日は私しかいませんから」

リュカは学校、恭一郎とヒョウカは揃って出張だ。

メオはぴょこんと耳を動かし、思えば、二人きりも珍しいですねと、アイジャに向かって微笑んだ。

驚いたように目を見開くアイジャに、メオはなおも言葉を続ける。

「私への遠慮、だけじゃありませんよね？　どうしたんです、アイジャさんらしくもない」

柔らかなメオの笑顔に、アイジャはごくんと口の中のものを呑み込んだ。そして、胸の間からいつもの電子タバコを取り出す。

「……分かるもんかい？」

「当たり前じゃないですか。私が一番、アイジャさんと付き合い長いんですよ？」

結婚式の自慢話をしつつも、アイジャの様子はどこかいつもと違っていた。普段のアイジャなら、これを好機と、からかい交じりにあの手この手で恭一郎に迫り、しっぽ亭で一騒ぎ起こしているはずだ。

なのに、今のアイジャには何となく翳《かげ》がある。メオは、それが気になっていた。

メオの言葉を聞いて、アイジャはピンク色の煙を吐き出した。恥ずかしさを隠しつつ、メオを見つめる。このネコ耳娘は、案外色々と鋭いのだ。

観念したように、アイジャはタバコをテーブルに置いた。

一拍だけ間を置き、ピンク色の煙の行方を目で追っていく。

「あたしさ、キョーイチローが好きだ」

「知ってます」

ぽつりとこぼれた本音は、いとも簡単に頷かれた。

「ずっとさ、一緒にいたいんだ」

「それも、知ってます」

メオは、優しい瞳のままグラスを握る。

「でもさ、分かんないんだよ。どうしたいか。分か、分かんなくて……」

「……分かってます」

何かを隠すため、とんがり帽子を深くかぶったアイジャに、メオはゆっくりと顔を向けた。そして、よしよしと帽子を撫《な》でる。

「……なんだい」

「いや、可愛いなぁって。アイジャさんも皆さんも、色々と気にしすぎなんですよ」

帽子の陰からちらりと覗《のぞ》いたアイジャに、私も人のこと言えませんがと、メオはにゃふふと笑った。

「私たち、女の子なんですから。もっと我儘《わがまま》でいいんですよ。何がしたいのか、どうなりたいのか。ぶつけてみたらいいじゃないですか。素直に、本当にやりたいことを。……なりたい自分を」

きっと、あの人は受け止めてくれますよと、メオは笑ってみせる。

アイジャは、そこで初めて唇を尖《とが》らせた。

「……なんか、お前さん変わったね。すごく生意気になった」

「にゃふふふー。私も、ただ食っちゃ寝していただけではないのですよ」

メオはわざとらしく、ない胸を張る。それを見て、くすりとアイジャが笑みをこぼした。

「……あたしさ、夢があるんだ。その夢には、キョーイチローが必要でさ」

何故だろう。するりと言葉が出てきた気がする。アイジャは、自分でも笑ってしまうくらいに真っ直ぐにメオを見つめた。

メオも、変わらぬ笑顔でアイジャの言葉を待つ。

「だから、その分のキョーイチローは貰っていくよ」

ようやく分かった。

「あたしは、もう立ち止まるわけにはいかないんだ。たとえそれが幸せでも、あたしはそれすら背中に置き去って、キョーイチローと世界を変える」

自分が自分であるために、アイジャはかつての眼差しを顔に宿す。

メオはその眼光を受け止めた後、ふぅと肩を下ろした。

そんな顔できたんですねと、アイジャをからかう。

「あたりまえさね。あたしを誰だと思ってんだい」

「にゃふふ。天下一の飲んだくれ、おっぱいお化けのアイジャさんですかね」

くすくすと笑みを浮かべるメオに、アイジャがこいつめとタバコで突いた。そして、ゆっくりと互いに互いを見つめ合う。

「いいんですか？　私がほとんど貰っちゃいますよ」

「うむ、それについてなんだけどね。やっぱり、貰えるだけは貰っとこうと思ってね。具体的には、子種の一人分や二人分なんかは……」

神妙に話しだすアイジャに、メオは呆れて口をぽかりと開けた。さっきまでの話は何だったんですかと、ため息をつく。

そんなメオに、アイジャはにししと笑って見せた。

「いいじゃないか、ちょっとくらい我儘《わがまま》で。あたしだって、女の子さね」

それを聞いて、メオは参りましたとばかりにくすりと笑うのだった。

◆　◆

「アイジャさーん。明日の式のことなんですけど……って、ありゃ」

ノックをしても返事がないため、予め言われている通りに恭一郎はアイジャの部屋の扉を開けた。

机の上で寝入っているアイジャに目を留めると、恭一郎はくすりと笑って近づいていく。

「風邪引いちゃいますよ」

微笑みながら、恭一郎はアイジャの肩を叩こうとした。しかし、右手の動きがぴたりと止まる。

「はな、して……」

寝言だろうか。そう呟くアイジャの顔が、どこまでも悲しそうで、恭一郎は思わず眉を寄せてしまう。涙は流れていないが、それは枯れ果てたからだと、アイジャの綺麗な顔を見て理解した。

くしゃりと頭を撫《な》で、恭一郎はアイジャの横の椅子に腰掛ける。

起こしてはいけないと、ただ黙って、恭一郎はアイジャの顔を見つめ続けた。

どれくらい経っただろうか。時計の針が一周してしまうくらいの時間を経て、アイジャの顔が起き上がった。

焦ったようにとんがり帽子を確認し、見開いた目で机を見つめる。荒れた呼吸を整えるように、アイジャは深く息を吐いた。

「……あたしは……って、えッ⁉」

悲痛そうに顔を歪《ゆが》めたアイジャの視線が横にずれる。そして、驚いたように息を止めて口を開いた。

「ちょっ、どっ、どうしてお前さんがっ!?」

慌てて、アイジャは自分の顔を手のひらで覆う。涙を流していないことを一応確認して、アイジャは何故か隣で佇《たたず》んでいる恭一郎を見つめた。

「おはようございます」

「えっ？　あ、うん。……おはよう」

柔和に微笑む恭一郎に、アイジャは上の空のまま挨拶を返した。とんでもなく恥ずかしいところを見られていたのではないかと焦り、ちらちらと恭一郎を横目で見る。

それでも、ただ笑っているだけの恭一郎に、アイジャは恐る恐る唇を動かした。

「……何も聞かないのかい？」

「聞いてほしいんですか？」

にっこりとした返答。恭一郎の優しい声色を耳にして、アイジャは細く息を吐いた。痛恨の極みだと、とんがり帽子を顔に被せる。

「なつかしいね。……あれから」

「そうですね。あのときは、ありがとうございました」

恭一郎が自分の境遇を告白した日、二人はこんなやりとりをしていた気がする。

惚れた女に、惚れられた青年。いつしか、それだけではなくなってしまった。

けれど、交わす言葉が何も変わっていないことに、アイジャも恭一郎もくすりと笑う。

とんがり帽子をそのままに、アイジャは恭一郎には見えぬ表情で呟いた。

「夢を、見ていた。昔の夢さ」

ぽつりとこぼれたアイジャの言葉を、恭一郎は黙って聞く。アイジャも、わざわざ恭一郎の反応を確かめはしない。相づちを待つまでもなく、言葉が自然と後に続いた。

「みんな死んだんだ。あたしのせいさ。あたしを守るために、みんな死んだ。……だから殺した。たくさん、たくさん。独りで、ずっとずっと殺してきた」

震える声。淡々と紡がれるアイジャの言葉に、恭一郎は手元を見つめる。

戦いの日々が奪ったものは、命だけではないのだろう。彼女は殺し続けてきた。何を？　命を、人を、心を、想いを。

自分では、想像することもできない研鑽の果てにたどり着いた場所。そこで彼女が見てきた全てが、今もアイジャを傷つけている。

泣くことすらできなくなった彼女に、誰が手を差し伸べられるというのだろう。恭一郎は思う。平和な日本で何不自由なく育ってきた自分に、何ができるのだろうと。

「……アイジャさん」

それでも、恭一郎は口を開いた。

何故なら、知っている。自分は、彼女を知っている。大戦の英雄ではない、戦場に舞い降りた乳神でもない、魔法兵器なんかでももちろんない。そんな彼女を知っている。

「俺は、アイジャさんのことを何も知りません。それでいいと思っていました。俺にとってのアイジャさんは、お酒が大好きで、おっぱいが大きくて、恥ずかしがり屋で……泣き虫で、笑顔が素敵な。そんな女性です」

恭一郎の言葉に、アイジャは黙って耳を澄ました。帽子の下の顔がどうなっているのかなんて、自分にも分からない。

「けど、もう逃げません。だから、聞かせてくれませんか？」

固く握りしめた両手。恭一郎は一つの決意を言葉に込めた。

もう逃げない。アイジャの全てを受け止めると、恭一郎は覚悟を決める。

「……嫌だ」

けれど、その覚悟は震える声に跳ねのけられた。

恭一郎の視線の先で、黒いとんがり帽子が揺れている。

「嫌だ。……お前さんには、知られたくない」

何かを堪《こら》える音が、帽子の下から漏れてくる。なんて我儘《わがまま》なんだろうと、アイジャは強く帽子を押しつけた。

知られたくない。知られたくない。知ってほしくない。

自分の汚れた部分を、恭一郎には知られたくない。

「あたしは……お前さんが好きだ」

心が剥がれ落ちていく。ここまできて、なおも自分は失いたくないのかと、アイジャは自分自身に失望した。

「嫌われたくない。キョーイチローに嫌われたくないんだ。一番じゃなくていい。愛してくれなくていい。ただ、お前さんを失いたくない」

身体を丸め震えるアイジャに、恭一郎は目を見開いた。

何を勘違いしていたんだと、恭一郎はそっと近づく。びくりとして固まるアイジャを、恭一郎は優しく抱きしめていった。

自分の身勝手で傷つけてしまった彼女を包む腕に、恭一郎は自分のできる最大限の優しさを込める。

「嫌いになんて、なりませんよ」

「……嘘だ。本当のあたしを知ったら、お前さんでもあたしのことを嫌いになる」

帽子越しに呟くアイジャの頬を、恭一郎は指でなぞる。流れ出た涙の跡を感じながら、恭一郎は弱くて脆《もろ》い彼女を見下ろした。

どれほどの人々の想いを、彼女は背負ってきたのだろう。

嫌いになんて、なれるはずがない。

「結婚式、するんでしょう？」

ぴくりと、アイジャの震えが止まる。そこでようやく、アイジャは恭一郎へと顔を上げた。

ぐしゃぐしゃに乱れてしまった綺麗な顔。それにくすりと微笑んで、恭一郎はアイジャの瞳を真っ直ぐに見つめる。

「……キョーイチロー」

ようやく目が合ったと、恭一郎がにこりと笑う。

「心配しなくても、俺はアイジャさんの味方です。世界中の全ての人がアイジャさんの敵になっても、俺だけはアイジャさんの味方です」

恭一郎には、彼女が間違っているとは思えない。

今の気持ちは、同情なのかもしれない。愛しく思うのも、無知が故なのかもしれない。それでも、それで彼女の横に立てるのなら。

「アイジャさんを嫌いになることが正しいことだというのなら、俺はそんな正しさなんていらない」

アイジャの呼吸が止まった。

だから、泣かないでください。そう頬を撫《な》でる恭一郎の指先を、アイジャはぎゅっと左手で掴《つか》む。

それがどこまでも優しく身体に染み込んで、アイジャは思わず笑ってしまった。

「……ひどい男さね」

呟いた言葉が、部屋の中に溶けていく。

これが、二人の結婚式前夜。

6　誓い

「わぁ、ご馳走ですねぇ。私、ホテルのご飯食べるの初めてです」

テーブルに並べられた色とりどりの料理に、メオがくりりと目を輝かせた。見た目にも拘《こだわ》った、カジー渾身《こんしん》の品々だ。白布が掛けられた大きな丸テーブルには、しっぽ亭縁《ゆかり》の面々の名前を書いたプレートが載っている。

「しはは、いいんですかね？　僕がこのテーブルで」

「いいんですよ、じゃないと私一人きりになっちゃいますし」

メオが、尻尾を揺らしながらアランの方へ身体を向ける。リュカとヒョウカは大事な仕事に備えて舞台袖《そで》だ。今は大きなテーブルに、メオとアランの二人だけが立っていた。

アランの表情は緊張気味だ。初めて作ったウエディングドレス。どのように受け取られるか、期待と不安が入り交じる。

「……そういえばメオさん。どうしたんです、その帽子。アイジャさんのものですよね？」

そんななか、アランはひょいと視線をメオの胸に向けた。メオが大事そうに抱えているのは、黒いとんがり帽子。しっぽ亭の常連なら誰もが見覚えのある、アイジャのトレードマークだ。

「ああ、これですか。アイジャさんから、持っていてほしいって頼まれちゃって。……大切な、ものらしいですから」

メオは、ぎゅっと帽子を抱きしめる。深い意味など知る由《よし》もないが、あのアイジャが頭を下げて頼んできたのだ。何か大切な理由があるのだろうと、メオは黒いとんがり帽子を見つめる。

よく見てみれば、随分と古いものだ。ところどころ補修の跡があって、大事に使い続けているのがよく分かる。

帽子の表面を撫《な》でながら、メオは会場をゆっくりと見渡した。

「そういえば、すみませんアランさん。リュカちゃんとヒョウカちゃんの晴れ着まで」

「いえいえ。それぐらいはお安いご用ですよ。おかげで大きな仕事を任されましたしね」

頭を下げるメオに、グラスを片手に羊頭の青年は笑う。満足そうなアランの顔を見て、薄桃色の服に身を包んだメオが首を傾げた。

「でも、アランさんのお店の服って、どれもお高いじゃないですか。晴れ着なんて、特に珍しい仕事じゃないんじゃ？」

メオは新しい服にはしゃいでいたお子さま二人を思い出す。リュカは赤色のワンピース。ヒョウカも水色の服にご機嫌だった。スカートがひらひらとしていてどちらも可愛らしく、フリルがあしられた服はまさに職人の仕事だとメオには思えた。

「いやあ、確かにそうなんですがね。しし、やはり恭一郎さんは面白い。まあ、楽しみにしててくださいよ。話すより見てもらったほうが早いです」

アランは、そう言うと不敵に歯を見せる。実際、恭一郎にウエディングドレスの図面を見せられたときは度肝を抜かれたものだ。

機能性は皆無。おそらくは、この日しか使えぬであろう一着。たった一日のために、一瞬の輝きのために用意された一品。

あり得ない発想だ。だが、だからこそ素晴らしいとアランは思った。

どれだけ良い服を作っても、それがどんなに高価でも、服とはあくまで脇役で、普段着と余所行《よそ》きの区別があればいいと、アランですらそう思っていた。

しかし、恭一郎から依頼されたあれは、ただの『高級な服』ではない。

「服がね、人生を分ける。その服を着たんだということが、人生の節目になる。素晴らしいですよ。……自分の仕事に、可能性を見た気がします」

そう呟いたアランの表情がとても穏やかで、じっと見つめていたメオは、ひょこんと尻尾を動かす。

本当にあの人は、色んな世界を変えていく。どこか抜けた顔の彼を思い、メオはおもむろに空を見上げた。今回も、それはもう頑張っているのだろう。

一度軽く息を吐いて、メオは白い皿を手に取った。

「……お料理、取り分けましょうか？　お腹も空いてきましたし」

「ええ、お願いします」

穏やかな雰囲気が、会場に流れる。

もうじき、今日の主役の登場だ。


皆が料理を楽しむなか、スーツ姿のセバスタンが会場の前方に進み出て姿勢を正した。

現れたセバスタンに皆の視線が集中し、騒がしかった会場の音が引いていく。

静寂を受けたセバスタンが、始まりを告げるために恭《うやうや》しく礼をした。

「さあ皆さん。主役の二人の登場です。拍手でお出迎えください」

司会の声が響きわたり、会場の後方、入り口の辺りから手を叩く音が聞こえて来て、メオはゆっくりと振り返った。

「わあ」

思わず漏れたのは、そんな声。メオの横で、満足そうにアランが頷く。

その場にいた女性の時が止まる。歓声に沸く男達とは裏腹に、女達は黙ってその純白の衣装に魅せられていた。

こつこつと、花嫁の足音だけが彼女たちには聞こえていた。

純白。そうとしか言いようがない、美しい白。

汚れやすく、壊れやすい色。だからこそ彼女たちには、その衣装がどれほどに特別なものかが理解できた。

「どうだい？　キョーイチロー」

「え？　あっ、はい。……綺麗、です」

腕を組んで歩きながら、アイジャは幸せそうに恭一郎に笑いかける。その美しさに焦る新郎は、言葉を返すのがやっとだった。

白いドレスにあしらわれた無数のフリルが歩く度に揺れる。尾のように長く引く布地を、地面を擦《こす》らないようにリュカとヒョウカが一生懸命に持ち上げていた。それを横目で見たアイジャが、くすりと笑う。

「それにしても、すごい服だね。なんていうか、今さらだけどあたしでよかったのかねぇ。この歳でこんな服着れるなんて、思ってなかったよ」

そう言うアイジャの表情は、それでもなお幸せそうだ。

バージンロードのその途中で、アイジャはネコ耳の少女と目が合った。悔しそうな羨ましそうな、愉快な顔だ。

そして、メオの腕に抱えられたとんがり帽子に、アイジャはぐっと唇を閉じる。遠き日の記憶を思い浮かべ、アイジャはにこりと微笑んだ。

その表情があまりにも幸せそうで、メオは仕方ないですねと腰に手を当てる。

「……アイジャさん、すごく綺麗です」

アイジャの笑顔を見ていた恭一郎が、思わず呟いた。アイジャははっとしたように顔を向け、恥ずかしそうに鼻先を赤くする。

直球な感想にアイジャは自分の顔が赤く染まっていくのを感じた。今日はいつものとんがり帽子を被っていない。染まった顔を隠すものがないことに気がつき、アイジャはしまったとそっぽを向いた。

そして、ちょうどそのあたりで道が終わる。アイジャと恭一郎は、会場の一番前で向かい合った。

そんな二人のもとから、リュカとヒョウカが一仕事終えたぞーと、メオのところに駆け寄ってくる。

「メオねーちゃん！　どうだった!?」

「うーん、悔しいですが。綺麗ですねぇ。うぅ、私も着たかったですぅ」

壇上のアイジャを見つめながら、メオはよよよと尻尾を下ろす。それを聞いたリュカが、むぅと頬を膨らませた。

「リュカちゃんもヒョウカちゃんも、素敵だったよ。服も喜んでるだろうね」

そんなメオの代わりにアランが二人に喝采《かっさい》を送る。分かってるじゃねーかとリュカは得意げに胸を張り、それを見たヒョウカが同じようにありもしない胸を張った。

愛らしいリュカとヒョウカに、アランがははと笑顔を見せる。

「お、始まりますよ」

ふと壇上を見たアランの呟きを聞きながら、メオはじっと二人を見つめた。そこにいる全員が、壇上の方へ視線を送る。

会場は先ほどとは打って変わって静寂に包まれていた。

皆初めての経験ながら、今から行われることが大切なものであることを感じ取っている。

「これより、愛の誓いを交わしていただきます」

セバスタンが恭一郎とアイジャに向き直った。台本を片手に二人の顔をゆっくりと眺める。

「新郎、恭一郎。貴方《あなた》は、花嫁であるアイジャを一生愛することを誓いますか？」

皆が三人を無言で見守るなか、メオは一人、大きく鼓動を速めた。

演技だと分かってはいるが、やはり聞きたくない。耳を塞《ふさ》ごうかとメオが逡巡《しゅんじゅん》した瞬間、恭一郎は口を開いた。

「は、はい！　ち、誓いまひゅ！」

メオの耳に愛する人の声が聞こえた。思わずメオはふふっと笑ってしまう。

緊張しすぎだ。声が裏返ってしまっている。

「恭さんたら。にゃふふ、感傷にすら浸らせてくれないんだから」

ガチガチに固まっている恭一郎を、メオはくすくすと笑いながら見つめた。ホテルの制服とは、また違った型のスーツ姿だ。普段よりも凛々《りり》しく見える気がしたが、あれでは台無しだとメオは声を出さないように笑いを堪《こら》えた。

「……頑張ってくださいね、アイジャさん」

自然とそう思えたのは、きっと、好きになったのが彼だからだ。

メオは優しい気持ちでアイジャの方へと視線を向ける。

そして、彼女の番がやって来た。

「アイジャ。貴女《あなた》は、恭一郎を一生愛することを誓いますか？」

セバスタンが、ゆっくりとアイジャに問いかける。それを聞き、アイジャは静かに目を瞑《つむ》った。

一拍。

静かな間。誰もが無音で見つめるなか、恭一郎が動かぬアイジャをちらりと見やる。

「……誓うさね。これまでの、あたしの全てに。背中に置いてきた、彼らに」

そして、アイジャは恭一郎の方を振り向いた。

台本とは少しだけ違う動きをしたアイジャを、セバスタンはおやと見つめる。

この後は、ふりでいいから誓いの口付けをして終了のはずだ。セバスタンはまだ、そのための台詞《せりふ》を発していない。

恭一郎が、どうしたんだろうとアイジャに向き合った。練習とは違う動きに戸惑うが、アイジャの表情に只ならぬものを感じて息を呑む。

真っ直ぐに恭一郎を見つめるアイジャを見て、セバスタンは微笑みながら静かに手元の台本を閉じた。必要ないと理解したからだ。

「恭一郎。花嫁からの言葉です。受け取りなさい」

こくりと、恭一郎は頷く。その目はアイジャの瞳の奥へ吸い込まれた。

場を整えてくれたセバスタンに心の中で礼を言いながら、アイジャは息を吸った。視界の端に、見慣れたネコ耳少女の顔が映る。呆れたような、頑張れと言っているような、いつもの顔だ。

本当に、あたしは感謝してばかりだと、アイジャは目の前の男を見つめる。

緊張しているのか、どこか間抜けな表情だ。それでも、必死に自分の言葉を聞き逃すまいとしているのが、笑ってしまうくらいに伝わってくる。

「キョーイチロー、愛してる。本当の本当に、お前さんが好きだよ」

にかっと笑ったアイジャに、恭一郎の鼓動が大きく跳ねた。

触れる距離にいる恭一郎に、アイジャは自分の想いを伝える。

やりたいこと、なりたい自分。……たどり着きたい、場所。それらに思いを馳《は》せ、言葉になったのは彼への想いだった。

ネコ耳の彼女が、くすりと笑う音が聞こえる。

『世界中の全ての人がアイジャさんの敵になっても、俺だけはアイジャさんの味方です』

昨日の彼が、勇気をくれる。

「あたしと一緒に、世界を変えてくれ」

音を立て、目の前の壁にヒビが入る。立ち止まっていた彼女の中にあった、分厚い壁が。

足りなかったのは、たった一歩の勇気。

「もちろんです。……一緒に、行きましょう」

壁が割れ、その先に光が見える。

いつの間にか、見えなくなっていたはずの道が足下に広がっていた。

「……お前さんに会えて、よかった」

抱き寄せる。アイジャの胸に、恭一郎がむっちりと捕らえられた。

そのままアイジャの顔が近づき、恭一郎は慌てて会場の観衆に視線を移す。

「あ、あの。ふ、ふりだけって……」

「諦めとくれ。もう止まれん」

ですよねーと、観念した恭一郎の身体から力が抜けていく。アイジャの唇が迫り、恭一郎はゆっくりと目を瞑《つむ》った。

「にゃふふ、やっぱりこうなりましたね。まったく、どっちが花嫁役なんだか」

「相変わらずへたれてんなー、キョーにいちゃん」

そんな二人を、メオとリュカが眺める。メオの呆れたような表情に、少し意外だとアランが声をかけた。

「いいんですか？」

「よくないですけどね。いいんですよ。……にゃはは、何であんな人に惚れちゃったかな、私は」

まったくもうと、メオはぴこぴこと耳を上下させる。そして、仕方がないかと頬を掻いて俯《うつむ》いた。

恭一郎のことは大好きだが、それと同じくらい、あの寂しがり屋の女賢者のことが大好きなのだ。

心の中で少しだけ応援した後、メオはゆっくりと顔を上げた。

「んぅ、好き。好きだよキョーイチロー。ちゅっ、んっ」

「ちょ、まっ。あい、アイジャさんっ!? ん、むぅ！　むむぅううっ!!」

前を向いた瞬間、飛び込んできた光景にメオは盛大にずっこける。

壇上では、二人の熱烈な愛情模様が繰り広げられていた。

野郎は口笛ではやし立て、女性陣はまぁと言いつつじっくりと観察している。

ぷるぷると、メオが身体と拳を震わせた。

「そ、そこまでやれとは言ってないですぅうううううううっ!!」

そんなメオの叫びは、会場の喧噪《けんそう》に溶けていくのだった。

◆　◆

「いやあ、いい式だったね」

かつんと、グラスとグラスのぶつかる音がした。窓から二つの月の光が射し込むなか、恭一郎とアイジャは互いに顔を見合わせる。

ねこのしっぽ亭のアイジャの部屋。魔法薬と酒の匂いが混ざり合った、彼女の香りだ。

にこにこと上機嫌なアイジャを前に、恭一郎は自らも笑みを浮かべた。

「嬉しそうですね」

「そりゃあねぇ。好きな男と式を挙げたんだ。笑うなってほうが無理さね」

いつものセーラー服に着替えたアイジャは、心底楽しそうにグラスの中身を飲み干した。そのまま、酒瓶を掴《つか》んで直に口を付ける。

「ただ、ちょっと恥ずかしかったけどね。ほら、ケーキカット？　ありゃあ、嬉しいが気恥ずかしいね」

式はあの後、二人でケーキ入刀をして、そのケーキを皆に配ってお開きとなった。まあ、実際は結構な時間どんちゃん騒ぎをしていたわけだが、プログラムとしては簡単なものだ。

クゥ特製の生クリームをふんだんに使ったケーキは大好評で、このあたりは無茶ぶりに応えてくれたカジーとクゥに感謝である。

見上げるほど大きいウエディングケーキはいい宣伝になったと、シャロンは満足そうに笑みを浮かべていた。作るのにいくらかかったかなど、庶民の恭一郎には想像もできない。

「……あの、アイジャさん」

「なんだい？」

恭一郎が、月の光を眺めていたアイジャに声をかける。光に照らされて、ただでさえ美しい横顔がさらに輝いて見えた。振り向いた顔は、どきりとしてしまうほどに妖艶《ようえん》だ。

「俺で、いいんですか？　その、俺は……」

思わず目を伏せ、言いよどむ。

恭一郎とて察している。あの式での言葉が、アイジャの真剣な気持ちであることを。あの眼差しを、恭一郎は決して忘れないだろう。

何度も、何度も言われてきた。だが、ようやく自分はアイジャの本気の決意を受け取ったのだろう。

自分はどうだろうか。恭一郎にも想いはある。だが、アイジャのあの言葉に応えられる力が、自分にあるのだろうか。恋でもない、愛でもない。目の前の女性の全てを懸けた、そういう決意を背負うだけの力が。

「お前さんじゃなくて、どうするんだい」

優しい声が聞こえた。恭一郎はアイジャの顔を見られず、じっと床を見つめている。

「でも、俺は。……アイジャさんのような英雄でも、天才でも、ないんです」

声が震える。ずっと、思っていたことだ。皆は自分のことを救世主のように誉めてくれるけれど、それは自分の力では決してない。日本の、地球の、偉大な先人達の英知の結晶を、まるで自分の手柄のように伝えて振る舞っているだけだ。

　ずっとずっと、苦しかった。誉められる度に素直には喜べなかった。自分の力だけでやってきたことなんか、何一つない。その思いが、恭一郎の表情に翳《かげ》を落とす。

　口では、いくらでも言える。隣にいると。しかし、それで自分に何ができるのだと、恭一郎は今さらになって自分の無力さを痛感した。

「……知ってるさね」

　びくりと、身体が震える。恭一郎は、地面を見つめたままアイジャの言葉に耳を傾けた。

「お前さんが天才じゃないことくらい、会ったときから知ってたさ。あたしを誰だと思ってる」

　恐る恐る、恭一郎の視線が前を向く。恭一郎の目に飛び込んできたのは、アイジャの柔らかな微笑みだった。

「でもね、いいんだよ。人ってのは、一人じゃ何にもできないんだ。あたしだってそうさ。死んでいった奴らと、英雄と呼ばれるあたしと、どこにそれだけの差があると思う？　あるわけないさね」

　そっと、アイジャの身体が近づいた。そして静かに、恭一郎の身体を胸に引き寄せる。表情以上に柔らかな感触に、恭一郎は静かに目を瞑《つむ》った。

「確かにお前さんの知識は、お前さんのものじゃないかもしれない。でもね、お前さんだったから。この店に来たのがキョーイチローだったから、今こうしてあたしは笑ってられるんだ。……メオだってそうさ」

よしよしと、アイジャの手が恭一郎の頭を撫《な》でる。手のひらの温かさを感じながら、恭一郎はぐっと奥歯を噛《か》みしめた。

心の中の何かが、アイジャの指に合わせてぽろりと落ちていく。

「そもそも店を立て直そうと思ったのは誰だった？　ゲーデルの奴が来たとき、命を張ってメオを守ろうとしたのは誰だった？　リュカが最初に笑顔を見せたのは誰だ？　ヒョウカの氷のような心を溶かしたのは？　……あたしを、前に進ませてくれたのは、誰だと思う？」

アイジャの声が掠《かす》れていく。その言葉に、恭一郎は顔を上げた。抱擁《ほうよう》を解き、アイジャの瞳を真っ直ぐに見つめる。涙は出なかった。ただただ、嬉しかったのだ。

「ありがとう、ございます」

その恭一郎の表情に、言葉に、アイジャがにこりと笑う。屈託のない笑い。アイジャの笑顔の輝きに目を奪われ、恭一郎は思わず息を呑んだ。

この笑顔に至るまでに、この笑顔の裏に、どれほどの想いがあったのか、恭一郎は想像もできない。

戦って戦って、疲れ果てて足を止めて。それでも、ようやく踏み出した一歩に、アイジャは今できる最高の笑顔を乗せているのだ。

言わなければと、そう思った。

アイジャの微笑みに、恭一郎は顔を寄せた。真剣な恭一郎の眼差しを受け、アイジャの時が止まる。

「アイジャさん」

驚くアイジャの目が見開き、恭一郎の瞳の奥に自分が映る。

唇が触れ合いそうなほどの距離に、アイジャの心臓はびくりと止まった。

「……ちょっ。な、なんだい、いきなり」

エルフの耳を先まで染めて、アイジャは少しだけ横を向いた。それでも恭一郎の体温を近くに感じ、アイジャは暴れる鼓動を必死に抑える。

しかし、なおも変わらぬ恭一郎の表情を横目で見て、アイジャは息を詰まらせた。じっと恭一郎を見つめ、アイジャはふと視線を伏せる。

恋では、ないのだ。彼が感じている、自分への想いは。

アイジャは精一杯の微笑みで視線を上げた。

目と目が合い、アイジャがゆっくりと恭一郎に頷く。

泣き出しそうな、淋しそうな、それでいて幸福だと笑うアイジャへ、恭一郎は口を開いた。

「誓います。俺は、あなたの。アイジャさんの隣に立ち続ける。借り物の力でもいい。俺でないと駄目だとあなたが言うのなら、俺はあなたと一緒に世界を変える」

恭一郎は想う。この力は、もしかしなくても己のものではないのだろう。それでも、それを必要としている人がいる。自分とともに、前に進むと言ってくれる人がいる。

「この誓いは、嘘っぱちなんかじゃないです。……俺と一緒に、行きましょう。行けるところまで、二人で」

言葉が、届く。独りぼっちになっていた、英雄へ。

ぽろぽろと流れ出す涙に、アイジャはぐっと何かを堪《こら》えた。

崩れる表情。アイジャの美貌が涙で流れていく。

「……うん。うんっ。……行こう。あたし、キョーイチローとならどこへだって行けるっ」

それでも彼女は笑う。いつだったか、忘れてしまった日の笑顔で。

止まった時の中で、立ち止まった道の上で、ずっとずっと待っていたのだ。

アイジャの唇が恭一郎に近づき、そして触れ合う。涙の味がする口付けを交わしながら、恭一郎はアイジャを確かに抱きしめた。

誓いの口付け。恋とは違う、二人の形。止まっていた時の隙間を、二人は唇の触れ合いで満たしていく。

溢れる涙を流し切る頃、アイジャはそっと唇を離した。

「あたし、夢があるんだ。できたんだ。こんなあたしでも、やれることがあるんだ。……聞いて、くれるかい？」

ようやく、彼女は振り返った。後ろを、背中を。置き去りにした、人々を。

見間違いかもしれない。それは、自らが望んだ幻想だったのかもしれない。

それでも、確かに彼女は見たのだ。

「もちろんです。話して、くれますか？」

笑ってくれている、彼らを。

◆
◆

肌の温もりを感じながら、恭一郎はそっとアイジャの髪を撫《な》でた。

くすぐったそうに身をよじるアイジャに、恭一郎はくすりと微笑む。

「……お前さんで、よかった」

月明かりに照らされるベッドの中で、アイジャはゆっくりと腕に力を込めた。

互いの鼓動が聞こえるほどの距離。音が溶け合い、どちらのものか分からなくなっていく。

「結局、あたしは二回も振られちまったね」

その音を心地よく聞きながら、アイジャは恭一郎の胸に頬を擦り寄せた。アイジャの言葉に、恭一郎の心音が微《かす》かに慌てる。

「す、すみません。……やっぱり、むしがよすぎますよね」

焦る恭一郎を見て、アイジャはくすくすと笑ってしまった。そのまま、胸の上から我慢できないと笑みをこぼす。

「構わないさ。あたしは、あたしだけのお前さんを貰っていく」

ゆっくりと、アイジャが腕に力を入れて頭を上げた。覆い被さるようなアイジャの姿勢に、見上げる姿勢の恭一郎の胸が跳ねる。

メオとの約束を聞いていない恭一郎は、不思議そうな顔でアイジャを見つめていた。そんな恭一郎の表情に、アイジャはにっこりと笑う。

「夢の分のお前さんを、あたしにくれ。これだけは、誰にも譲らない。指一本、触れさせない」

唇が近づく。抵抗する術も必要もないままに、二人の吐息が重なった。

「んっ。……ん、ちゅ。っはぁ、すきだ。すきだよ」

こぼれる涙が恭一郎に伝い、頬を流れる。震えるアイジャの身体を、恭一郎は抱きしめた。

愛してあげたいと、思ってしまう。それを分かっているのか、アイジャはふるふると首を振った。

「いいんだ。誰にも渡さない。あたしだけのお前さんだ。だから、いいんだ。貰うのは、愛じゃなくて構わない。誰にも、メオにも手に入れられないお前さんを、あたしは全部貰っていく」

ぎゅっと、アイジャはシーツを握りしめる。落ちていく涙の先でこちらを見上げる顔を、アイジャは愛おしく思いながら目に焼き付けた。

「でも、淋しくなったら。そのときは、少しだけ甘えてもいいかな?」

自分は弱い。きっと、強かったことなど一度もない。アイジャは、愛しい男の胸に崩れ落ちた。

「……うぅ、うぐっ」

熱い感覚が、恭一郎の胸へと広がっていく。少し驚いて、恭一郎は震えるアイジャの髪に手を伸ばした。

隠すように吐き出されていくアイジャの嗚咽《おえつ》を、恭一郎の手のひらが包み込む。

「あや、謝りたく……てっ。でも、みんなっ。皆、いないんだ。なのにあたしはっ。……しあ、幸せにっ。……あ、あたしがっ！」

アイジャの爪が、上着越しに恭一郎の肌へと突き刺さった。

「あたしだけが、幸せになる権利なんてっ……どこにもないのにっ！」

慟哭《どうこく》。その瞬間、恭一郎はアイジャの身体を強く抱きしめた。

あまりの力強さに、アイジャがびくりと嗚咽《おえつ》を止める。

「この、馬鹿っ……」

呟く恭一郎の声で、今度こそアイジャは動揺した。

固まるアイジャを、恭一郎はゆっくりとベッドに横にする。まるで、先ほどとは逆転したように、
今度は恭一郎が覆い被さった。

恭一郎の胸に血が滲んでるのを見て、アイジャがはっと目を見開いた。

「ないわけないだろッ！」

傷口にアイジャが手を伸ばそうとした瞬間、恭一郎の声が部屋に響きわたる。

その声はまるで怒りを含んでいるかのようで、アイジャは驚き身を竦《すく》めた。

「きょ、キョーイチロ……」

「幸せになっていいに決まってるだろっ‼」

先ほどよりもさらに強い叫びに、アイジャは息を止めて恭一郎を見上げる。

アイジャが初めて見る恭一郎の顔が、そこにあった。

「ふざけんな。何であなたは、そこまで……ッ」

恭一郎の悲痛そうな表情。何故恭一郎が怒っているのか、アイジャには分からない。

「幸せになる権利がない？　なんだよそれ。本気で言ってんのかよ」

こちらを見据える恭一郎の瞳を見つめたまま、アイジャは思わず両手を胸に寄せた。思えばもうずっと、誰にも怒られていない。

恭一郎の右腕がアイジャの顔の左に置かれ、強い眼差しがアイジャを貫く。

「幸せに、なっていいんだ。あなたは、幸せになっていい」

その途端《とたん》、アイジャの目から何かが溢れた。

「頑張ったんだ。俺は知ってる。アイジャさんが頑張ったことを、頑張っていることを、俺が知ってる。誰にも、文句なんて言わせない」

何も飾らない恭一郎の言葉に、アイジャは観念したように目を覆う。

「はは、なんだいそれ。頑張ったって、そんな。……そんな顔も、できたのかい」

見られるのは、やっぱり恥ずかしい。けれど、アイジャは可笑しくなってくすりと笑った。そして、何度思うか分からない言葉が口からこぼれる。

「よかったよ。……お前さんで、よかった」

独りぼっちの英雄は、もういない。

「ごめんよ。胸、痛くないかい？」

申し訳なさそうな声が、二人だけの部屋に響く。

アイジャに指先で傷口をなぞられ、恭一郎は少しだけ顔を歪《ゆが》めた。

「大丈夫ですよ。むしろ嬉しいです」

すぐに笑って、そっとアイジャを抱きしめる。恭一郎の体温が伝わり、アイジャの全身が熱く火《ほ》照《て》った。

とくとくと鳴ってしまう鼓動を恥ずかしさとともに抑えながら、アイジャはぎゅっと恭一郎にしがみつく。

「……その、ありがと」

ぽつりと、アイジャの口から弱々しい声が漏れた。見れば、少しだけ震える指が恭一郎の上着を掴《つか》んでいる。

「あたしは、お前さんに助けられてばっかりだ。結局独りじゃ、一歩も前に進めなかった」

ぐすりと鼻を啜《すす》るアイジャの髪を、恭一郎がわしゃわしゃと撫《な》でる。前髪がボサボサになったまま、アイジャはぐっと唇を結んだ。

「いいじゃないですか」

優しく声をかける恭一郎に、アイジャがゆっくりと顔を上げた。涙で乱れた顔を見て、恭一郎はくすりと笑う。

「一人じゃ何もできなくてもいいんだって教えてくれたのは、アイジャさんですよ？　大丈夫です。俺がいないと前に進めないって言うなら、ずっと一緒にいます」

静かに、アイジャは恭一郎の微笑みを見つめた。ぽかんと口を開けて見つめてくるアイジャを、恭一郎は自分から抱きしめていく。

伝わる温もりに驚き、アイジャはパクパクと口を開けた。

「きょ、キョウイチロ……」

目を見開いて慌てるアイジャの耳元に、恭一郎は唇を近づける。

きっと、これは恋ではないのだろう。愛してあげたいなんて、傲慢《ごうまん》もいいところだ。

けれど、淋しがりやの英雄はこうしていないと壊れてしまいそうで。

恭一郎は、精一杯の愛情を言葉に乗せた。

「俺が、ずっとそばにいるから」

言葉が、アイジャの鼓膜を揺さぶっていく。

分かっている。彼のこの言葉は、ネコ耳の少女に向けるようなものではないのだ。

それでも、恭一郎の誓いはアイジャの身体を貫いた。

奥底深く、自分を形作る大事な支柱を、優しく揺さぶったのだ。

アイジャは、パクパクと動かしていた口を閉ざし、わなわなと恭一郎の背中に手を回した。

一言で言えば、限界だった。

「……ごめんよ、メオ、みんな」

そう謝っただけで、精一杯だった。

恭一郎が呟きに反応するよりも早く、アイジャは恭一郎を押し倒した。

彼女にしては珍しい、体術も何もない、ただ体重を乗せただけの体勢。初めて振られたあの日以上にどうしようもない身体で、アイジャは恭一郎に覆い被さった。

「あ、アイジャさん？」

首筋に感じる熱い吐息に、恭一郎の鼓動が跳ねる。その心音を愛おしく聞きながら、アイジャは恭一郎の耳に唇を近づけた。

「……すき」

たった一言が、恭一郎の脳を揺さぶる。ぞくりと背中が震え、恭一郎は思わず顔を背けてしまった。

それを追うように、アイジャの唇が恭一郎の右耳を捕らえる。

「あの、その……」

柔らかい刺激に耳を挟まれて、恭一郎は反対側の耳の先まで赤く染めた。

しかし、アイジャはそんなことはお構いなしに、力強く、恭一郎の身体を抱きしめる。

「今晩だけ、お前さんの花嫁にしておくれ」

その囁《ささや》きに、恭一郎が顔を向ける。そこには、上目遣いで見つめるアイジャの顔。

「甘えちゃ……だめかい？」

不安そうに覗《のぞ》き込んでくる瞳を、恭一郎はじっと見つめる。怯《おび》えているアイジャに、恭一郎は一度だけ目を瞑《つむ》った。

自分が、この人を心細くさせるわけにはいかない。

いや、それも言い訳だと、恭一郎は息を吸う。

やはり、どうしても放ってはおけない。

目を開けて前を見つめた。

「おいで、アイジャ」

その言葉を聞き、アイジャは目を見開いた。ふるふると、嬉しさが身体の奥から立ち上る。飛び込みたい気持ちを押し殺して、アイジャはゆっくりと恭一郎の胸に抱きついた。

どきどきと、互いの鼓動が交差する。嬉しさと恥ずかしさで真っ赤な顔を、アイジャは恭一郎に近づける。

「……ひ、一晩、抱きしめて。放さないで」

そう言いながら、アイジャは唇をそっと合わせる。触れ合った瞬間に、びくりとアイジャの身体が縦に震えた。

「あっ、んぅ。きょ、いちろ……」

唇で噛《か》み合い、舌がとろみを帯びていく。先端同士が合わさり、アイジャは興奮と幸福に、身体の奥を熱くさせた。

「ふっ、うぅ。んっ。……すき、すきぃ」

大切に、刹那《せつな》の時間も忘れぬように、アイジャはこの時を身体に刻みつけていく。

これ以上なんてあるわけないと思った、式での口付け。それを軽く凌駕《りょうが》するほどの幸せに、アイジャは思わず涙を流した。

そっと涙を拭いてくれる恭一郎に、アイジャはふるりと微笑みを浮かべる。

「お前さんの、花嫁でよかった」

一日だけの花嫁。それでも、構いやしない。

これ以上ないほどの、全身全霊が震える一生分の幸せ。アイジャは、満ち足りた証拠に恭一郎の腕を握る。

柔らかくすべすべとした指の肌触りに、恭一郎は一つ鼓動を跳ねさせた。目を合わせると、アイジャの口元が照れたように緩む。

「好きだよ、キョーイチロー。あたし、キョーイチローが大好き」

屈託のない笑顔。まるで子供のような微笑みに、恭一郎は息を呑んだ。

自分の知らない、かつての彼女。

胸に飛び込んできた彼女は、英雄と呼ばれる前、こんな笑顔をする少女であったのかもしれない。

◆　◆

「嬉しそうですねぇ」

じとりと、メオの視線が椅子に腰掛けるアイジャに突き刺さった。メオの寄せられた眉を見て、アイジャは目を伏せる。

「そ、そうかい？」

「ええ、とっても。……うぅ、羨ましいですぅ。あのときチョキを出していればぁ」

右手を掴《つか》み、メオは悔しそうに顔を歪《ゆが》めた。そんなメオの様子を少しだけ心配して、アイジャは目を向ける。

「その、メオ。……怒らないのかい？」

アイジャの声色。それを聞いて、メオがぴたりと動きを止めた。そして、あっけらかんとした表情で向き直る。

「何でですか？」

「な、何でって。その……あたし、昨日キョーイチローと」

ごにょごにょと、さすがのアイジャも言葉を濁《にご》した。頬を染めるアイジャに、メオはふむと腰に手を当てる。

ずいっと近寄ってきたメオに驚き、アイジャは反射的に身体を引いた。

メオは、にっこりと笑って口を開く。

「怒ってはいませんが、めちゃくちゃ嫉妬してますよ。そりゃもう、すっごく」

「そ、そうかい」

笑顔で圧力をかけられ、アイジャの額を汗が流れた。けれど、本当に怒っていないのか、メオはそのままアイジャの隣に腰かける。

「今さら、恭さんの初めてもないですしね。順番で競ったりなんかしませんよ」

ミルクの入ったグラスの中に、メオはとぽとぽと蟲蜜《むしみつ》を入れていく。節制していたはずだが、大量に注がれていく蟲蜜《むしみつ》を見て、アイジャはごくりと息を呑んだ。

一度目を瞑《つむ》り、メオはゆっくりと瞼《まぶた》を開けていく。グラスを掴《つか》む指に、ほんの少しだが力が入った。

「……私の負け、ですか。仕方ないですね。アイジャさん、綺麗でしたもん」

こぼれた呟き。アイジャは、はっとしてメオに目を向ける。

グラスの中のミルクに、何かが音を立てて、ぽとりと落ちた。

「ふぐっ。きょ、恭さんと。お幸せ、にぃ。ふぐぅっ……」

メオの目から、これでもかというくらいの涙が溢れてくる。ぼたぼたと流れ落ちる粒に、アイジャは慌てて声を上げた。

「ちょっ、ちがっ。ちがうっ!!」

「ひぐっ。……ふぇっ？」

涙と鼻水まみれのメオが、アイジャの顔を見つめる。こくこくと頷くアイジャの表情を、メオは動きを止めてぽかんと眺めた。

「ちがう……？」

不思議そうなメオの眼差しを受け、アイジャはがしがしと頭を掻いた。

アイジャは顔を染め、本当に恥ずかしそうに唇を尖《とが》らせる。

「その……し、してないから」

「へっ？」

気まずそうに視線を逸らすアイジャに、メオは小さく声を出した。

「な、何を？」

分かり切っているが、メオはとりあえず聞いてみる。耳の先まで真っ赤にしたアイジャが、観念したように唇を動かした。

「……子づくり」

ついにアイジャは完全に横を向いてしまう。羞恥の極みといった表情を見て、メオは心底呆れて顔を崩した。

「何やってるんですか、あなたは」

「な、ななな、何でお前さんに呆れられないといけないんだいっ⁉」

なおも信じられないと眉を寄せるメオに、アイジャが怒って抗議する。けれどメオは、ちょっと信じられないですねぇとグラスを持ち上げた。

「だってアイジャさん、あれだけ子種子種言ってたのに。昨日もどうせ、『ウェヒヒヒ、キョウイチローの子種ぇ』とか言ってたんでしょう？」

「お前さんの中のあたしのイメージ、酷すぎやしないかい？」

呆然とするアイジャに、メオはぐびりとミルクを呷《あお》る。内心ほっとしたメオは、意外と奥手な親友に何があったのか問いただした。

「で、どうしたんです？　恭さんに振られちゃいました？」

「うぅ。その、何と言うか」

もじもじと、アイジャは両手の指を合わせていく。先ほどよりも弱々しい声で、アイジャはぽつりと呟いた。

「こ、怖くなって」

その一言に、メオの耳がぴんと立つ。アイジャの表情からして、どうも嘘は言っていないようだ。あまりにも似合わない台詞《せりふ》に、メオはどう返したものかと逡巡《しゅんじゅん》した。

メオが声をかける前に、アイジャの目がすっと細くなる。そして、続くアイジャの言葉にメオは息を止めた。

「……あたしなんかがって思ったら、分からなくなってね」

情けないと、アイジャは照れた顔で頬を掻く。淋しそうなアイジャの瞳に心を打たれたものの、メオはぐっと目に力を入れた。

「それ、恭さん怒ったでしょう？」

「んー。いや、言ってないから。まぁ、怒るだろうね」

胸の谷間から電子タバコを取り出して、アイジャはくるくると指で回して見せた。

結局、昨晩はずっと抱き合っていただけだ。

それでも、人生で最も幸福だった時間を、アイジャは後悔していない。

「ちょっと別のことで、キョーイチローにこっぴどく叱られてね。……でも、やっぱり思っちまうんだ。そんな奴に、この先を進む資格はないだろ」

メオはアイジャの言葉を黙って聞く。彼女の葛藤は、メオには到底分かるはずもないことだ。

しかし、アイジャの顔が晴れやかなのを見て、メオは嬉しくなって微笑んだ。

アイジャが、真っ直ぐにメオを見つめる。

「だからさ。もう少し頑張ってみるよ。キョーイチローと一緒に、ちょっくら世界変えてくる」

屈託のないアイジャの笑顔に、メオは思わず呼吸を止めた。美しすぎる笑顔は反則だと、メオは苦笑する。

どうせ続きがあるんでしょうと言って、メオはアイジャに先を促した。アイジャは、それにこくりと頷く。

「その途中で、もしあたしでもって思えたらさ。キョーイチローのこと、全部かっさらっていくよ。……あいつのこと、好きだからさ。お前さんにも、渡したくないんだ」

これ以上ない満面の笑みに、メオは小さく息を吐いた。ここまで真っ向から宣戦布告されてはどうしようもない。

強敵すぎやしませんかねぇと思いつつ、メオは改めて目の前の英雄を見つめる。

「いいですよ。負けませんから」

そう言って呆れたように見つめ返すネコ耳の少女に、アイジャは少女の頃の表情で笑い返すのだった。

7　輝く世界と少女の笑顔

じぃっと、恭一郎は目の前の卵を見つめていた。青と黄色の稲妻模様の入った、カラフルな卵だ。

「見てな。……んっ」

そう言ってアイジャが、両手で卵を覆うように包み込んだ。そして、ばちぃという音とともに卵の中に雷の魔力が注入される。

「……光りませんね」

「そこのスイッチ押してみな」

アラクネの糸で繋がれた先の、ガラス管の手前にある箱。その箱に付いている出っ張りを、恭一郎はぽちっと倒してみた。

「あっ、すごい！　光った!!」

その瞬間、ガラス管が光り輝く。炎の揺らめくものとは違う、人工的な突き刺す光。まさに、電灯の光だった。

「アイジャさん、すごいじゃないですか！　電灯、もう完成してますよっ！」

恭一郎は、はしゃぐ子供のようにアイジャの方を振り返る。自分の力が必要だと言っていたが、何てことはない。アイジャの英知はすでに電灯に届いていた。

「……それがねぇ、だめなんだよ」

しかし、そう思っていたのは恭一郎だけだったようだ。アイジャは、うーんと腕を組んで顔をしかめる。恭一郎は、何故だろうとアイジャの顔を覗《のぞ》き見た。

真っ赤に腫れた目元を恥ずかしそうに帽子で隠しながら、アイジャは説明を始める。

「電球は、何とかできた。竹だっけか？　お前さんの言ってた植物に近い種が、北の山脈の先に生えてたよ。フィラメントの問題を解決できたのは大きい。ずっと実験してたが、一ヶ月は光り続けるさね」

感心することしきりで、恭一郎はアイジャの説明を聞く。電球のフィラメントに日本の竹が使われたのはエジソンの逸話として有名だが、それにしてもいつの間に探しに行っていたのだろうか。本来ならば、竹を見知っている自分の役割ではないのかと、恭一郎は少し落ち込む。

「で、でも、電球ができたんですよね？　後は簡単なんじゃ」

しかし、光り続ける電球を見るうちに恭一郎の胸は再び躍りだした。近代文明の光に、平成生まれの恭一郎のＤＮＡが刺激される。やはり光があるというのは安心できる。

「ばかちん。一番肝心な、電気はどうすんだい。全部の電球に、あたしが魔力注入していくのかい？」

アイジャの呆れた声を聞き、恭一郎があっと声を上げる。

そうなのだ。この蓄電可能なサンダーバードの卵はものすごい貴重品で、要はこれの代替品を作らなくてはいけない。

「つまりは、電池ですね」

「そういうことさね。お前さんのスリムフォンのバッテリーも調べてみたけどね、ありゃだめだ。高度すぎる。悔しいけど、ちんぷんかんぷんだよ」

歯がゆそうに顔を歪《ゆが》めるアイジャに恭一郎は驚いた。恭一郎の人生の中で、アイジャは間違いなく文句なしに一番の賢人だ。そのアイジャをもってしても、専門と思われる分野の説明がつかないとは。

「……そんな目で見ないどくれ。あたしだって、この世界の理《ことわり》しか知らないんだ。そりゃあ、どんな感じで電気が溜まって、どんな風に流れるかくらいは一目で分かるけどね。それを作れるかってなったら話は別さ。材料の問題だってあるんだ」

なるほどと、恭一郎はアイジャの言葉に頷く。アイジャの夢は、一言で言えばアイジャの魔法の一般化だ。奇跡、魔導の極致といわれているアイジャの魔法を、一般の人にも使えるようにしなければならない。

「あたし自身、自分の魔法を後世に伝えようなんて思っちゃいなかったからね。……正直、感覚に頼りすぎてるところがあるんだ。あたしは指先一つで電気を固定したり溜めたりできるけど、それが物理的に可能だなんて想像できない。しかも、魔法なしでなんて」

言われてみれば、アイジャは魔法使いであって科学者ではない。本当に未知の領域に挑戦しているのだ。逆に考えようによっては、一年足らずでここまでの成果は異常だとも言える。

「すみません。俺がもう少し勉強していれば」

恭一郎は後悔した。スポーツ推薦で大学に進学した恭一郎は、実はあまり勉強が得意ではない。それでも大学を卒業しているはずなのだが、何でもっと真面目に講義を受けなかったんだと、激しい自責の念に囚《とら》われる。

「まあ、しょうがないさね。オスーディアにだって、自分の専門以外はからっきしの連中なんて大勢いたからね。そう自分を卑下しなさんな」

慰めてくれるアイジャの優しさが、恭一郎の胸に突き刺さる。期待していないと言われているようで、何とも辛い気持ちだ。

「い、いえ。力になると決めたんです！　俺の一部はもう、アイジャさんのものなんですからっ！　俺の持ってる知識を、あらんかぎり振り絞ってみせます!!」

落ち込んでいる時間なんてない。そう自分を鼓舞しながら、恭一郎は顔を上げる。

アイジャが立ち止まることをやめたのだ。自分が歩みを止めて、どうしてついて行けようか。

恭一郎の宣言に不意を突かれ、アイジャの顔が赤く染まった。それを誤魔化《ごまか》すべく、アイジャはこほんと咳払いをする。

「ま、まぁ。そうだね。お前さんが理解してなくても、あたしが聞けばヒントになることはあるかもしれない。……今夜は寝れないね」

柔らかに笑うアイジャに、恭一郎はどきりとする。しかし、その瞳が真剣そのものなのを確認して、恭一郎はすぐに背筋を伸ばすのだった。


「うーん。電池ってのは、確か。こう、酸と塩基が。んで、確かマグネシウムがこう、溶けて？その……」

電灯の白い光が部屋を照らすなか、恭一郎は必死に自分の頭の中の知識を掘り起こしていた。

「直流と交流があって……。確か家で使う電流は交流なんです」

恭一郎の瞳には、じんわりと涙が浮かんでいた。いざアイジャに説明しようとしても、驚くほどに口が動いてくれない。高校時代には、もう少し電池の仕組みを理解していたはずだ。しっかりしろと自分の海馬《かいば》に活を入れるが、効果の程はこの通りである。

「……すみません」

情けない。しゅんと意気消沈する恭一郎を、アイジャはそれでも射抜くような眼光で見つめていた。

「いや、充分さね。だいたい分かった」

「……え？」

驚いて、恭一郎の頭が跳ね上がる。先ほどの説明で、一体何が分かるというのだろう。

「お前さんの口振りから判断するに、とどのつまり電池ってのは電気を生み出すためのものだ。電気を溜めるってよりかは、使用している間だけ電気を生産するんだろうね。で、勿論《もちろん》作り出せる電気には限りがある」

ぽかんと、恭一郎は口を開けてアイジャの眼光を受け止めた。あまりの衝撃に、反応が一瞬遅れる。

「……ん、違ったかい？」

「い、いえ。そうです。そうだと思います」

恭一郎はこくこくと頷く。電池の仕組みなど言われてみれば当たり前のことだが、あの説明だけで気づけるのは、はっきり言ってすごい。恭一郎は、改めて畏敬の念をアイジャに抱いた。

どんな馬鹿らしい些細《ささい》なことでもいい。全部この人に伝えよう。きっと何かに繋げてくれるはずだ。そう恭一郎は思い、気合いを入れ直す。役に立たないなんてとんでもない。自分で勝手にそう判断するのは、目の前の賢人に対する侮辱だ。

「なら、今はとりあえず電池は置いとこう。電気を生み出すだけなら、たぶんあたしの魔法理論のほうが優秀さね。電池とは違う、電気を溜める機構。思い当たる節《ふし》を言ってみてくれないか」

さらっと凄まじいことを言いながら、アイジャは恭一郎に先を促す。アイジャの期待に応えるため、恭一郎は再び己の脳に指令を出した。

「ぱっと思いつくのは……コンデンサーですかね。バッテリーみたいなもんなんですけど。何て言うんだろ、バッテリーの簡易版、みたいな？」

自信はこれっぽっちもないが、確かコンデンサーは高校の電気回路にも出てきたはずだ。なら、簡単な構造をしているのではと恭一郎は当たりを付けた。

「電気回路。……確か、電池と一緒に書かれてたから。別物だと思います。……電気を溜める。そう、電気を溜める装置だったはずです」

アイジャの片眉が、ぴくりと動く。それ以上言葉が出てこない恭一郎に、アイジャはぽつりと質問した。

「そのコンデンサーって奴の構造や成り立ちの話で、何か知ってないかい？　できれば電球のときみたいな、それについての歴史がいい」

アイジャの要求に、恭一郎は集中する。そう言えば、聞き覚えがある。まだ少しは新しい記憶だ。高校時代のものではない。先生の雑談だったような。大学の、物理の講義で確か……。

「……ライデン、瓶」

記憶の底から、一つの単語が湧《わ》き上がる。

「それだ」

ぱちんと、アイジャはにやりと笑いながら指を鳴らした。

時刻は深夜。異世界の青竹は、少しも衰えることなく煌々《こうこう》と光を発していた。

◆　◆

「キョーにいちゃん、アイジャさんは？」

恭一郎が夜の仕込みをしているところへ、リュカが魔法書を片手にてこてこと近づいてくる。

「今日も向こうだって。明日は帰ってくるって言ってたけど」

「えー。またぁ？　ここんとこ毎日じゃん」

リュカが顔を歪《ゆが》ませる。魔法の勉強で聞きたいことがあったのだろう。自分では力になれないことに歯がゆさを感じながらも、恭一郎はリュカに明るく笑いかけた。

「まぁ、アイジャさんも頑張ってるから。レティちゃん家の工場にいるんだし、行ってみたら？」

「んー、じゃましても悪いしなぁ。いいよ明日で」

リュカはそう言うと、椅子の上に腰を下ろす。恭一郎はグラスに水を注ぎ、リュカの前にちょんと置いた。

「リュカちゃんは、最近どうだい？」

「そうそう、聞いてよキョーにいちゃん。ノブ君、やっと巣ができたって言うからさ、リュカ見に行ったんだ。んで、少しさみしいなって思って帰りにお花植えたの。どうなったと思う？　次の日行ったらないんだよ。リュカの植えたお花が。夜食だと思って食べちゃったんだって。まじ信じらんない」

はぁとため息を吐くリュカを見て、恭一郎は思わず笑ってしまう。くすくすと笑う恭一郎を、リュカがひどいやと見つめ返した。

「ごめんごめん。でも、そっか。食べられちゃったか。ノブ君、リュカちゃんからのプレゼントは全部食べ物だと思ってるのかな」

「さすがにそれはないよ。スカーフはちゃんと首に巻いてくれてるし。……あ、でもなぁ。ノブ君何でも食べるからなぁ。この前なんか土食べてたんだよ、土。あれにはリュカも参ったね。彼氏が土食べてるんだもの。どう反応すればいいか分かんなかったよ」

色々と種族の違いはあるようで、疲れた様子のリュカを恭一郎は微笑ましく眺める。

最近まで学校に行っていなかったせいか、リュカは同年代の子との付き合いが圧倒的に少ない。シャロンとレティですら、この世界では大人のようなものだ。これを機に、少しでも他人との接し方を学んでくれるといいのだが、と恭一郎は思う。

「そういえば、アイジャさんて何作りに行ってんの？　リュカ、よく知らないんだけど」

「うーん。実は俺もよく分かってないんだよね」

思いついたようなリュカの質問に、恭一郎は頬を掻いた。

ライデン瓶の名前に何らかの勘が働いたのか、アイジャは詳しい説明を求めてきた。勿論《もちろん》、恭一郎はうろ覚えもいいところだったのだが。

しかし、断片的な情報だけでもアイジャには充分だったようで、次の日にはレティの家を訪ねに行っていたのだから流石《さすが》としか言いようがない。

「明日には完成するって言ってたから、一緒に見に行ってみようか？」

アイジャが店を飛び出して、すでに十日ほどが経っている。恭一郎自身、アイジャが何を作っているのか、そろそろ知りたい。

「ぎゃうう！　やったっ。キョーにいちゃんとお出かけだ！」

顔を輝かせるリュカを見て、恭一郎もにっこりと笑った。

◆　◆

次の日、河童建設の工場で恭一郎とリュカはあんぐりと口を開けて頭上を見上げていた。

「……何です、これ？」

「すごーい」

目の前には、巨大なガラス瓶。とにかく大きい。決して低くない身長の恭一郎が見上げるほどだ。

この世界にこんなものを作る技術があったのかと、恭一郎は驚愕《きょうがく》する。

「ふふ、すごいだろ。名付けてアイジャ瓶だ」

自信満々に胸を張るアイジャが、かかかと笑う。強調された胸がぶるんと揺れるが、それよりも恭一郎は目の前の装置が気になって仕方なかった。

「なんか、でっかいですね」

感想としては、まずそれだ。形は、恭一郎の記憶にもあるライデン瓶とほとんど変わらない。瓶の上の金属球、瓶の中の鎖。ただ、ライデン瓶に必要なはずの金属箔が、ガラス瓶の中にも周りにも巻かれていなかった。

「お前さんの話で、だいたいの構造と仕組みは予想がついたからね。ほれ、こんな感じだろ？」

ぽいと、アイジャが恭一郎に向かって何かを放る。慌ててキャッチした恭一郎の手には、見たことのある小瓶が存在していた。

「……あ、これです！　そうそう、こんな感じですよ！」

瓶に張りつけられた金属箔。まさにライデン瓶だ。大学の講義で講師が見せてくれたものと、ほとんど違いが分からない。

「いやぁ、それを作ったお前さんのとこの奴は大したもんだよ。シンプルで無駄がない、いい機構さね。ただ、出力や持続力に難があったからね。あたしがちょいと手を加えさせてもらった」

それがこいつさと、アイジャは満足そうに巨瓶の表面を撫《な》でる。恭一郎には鎖が垂れているだけに見えるが、隣のリュカは信じられないとばかりに目を見開いていた。

「うそ。すごい。……何これ。こんな魔法回路はじめてみた」

リュカの塞《ふさ》がらない口を見て、恭一郎はアイジャに説明を求める。魔力のない恭一郎には、目の前の巨瓶の中には鎖しか見えない。

「いや、大したことはしてないよ。ガラスの内部と表面に、ちょいと魔力の増幅回路を張り巡らせただけさね。普通はどれだけ魔法回路を詰め込もうが、霧散して無駄になるんだけどね。この瓶は、どうも魔力を溜めるのにも適してるみたいだ」

アイジャはあっけらかんと大したことないと言っているが、どうなのだろうか。恭一郎がリュカの方を振り向くと、案の定リュカは、あり得ないと首をふるふる横に振った。

「魔力維持、増幅、固定。相乗、循環、吸収に放出。それ以外にも、数えきれないくらいの魔法がたくさん。……たぶん、数千。それなのに、全部がお互いのじゃまをしないように配置されてる。こんな複雑な魔法回路、見たことも聞いたこともない」

少し震えているリュカを見て、恭一郎はごくりと唾を呑み込んだ。リュカの説明を理解するだけの能力は恭一郎には勿論《もちろん》ないが、それでもアイジャがとんでもないものを作り上げたということは分かった。

「アイジャさん。これ、ど、どうやって使うの？」

「ん？　簡単さね。どこでもいいから、こうやって表面から魔力を入れてやれば……ほら」

ビィイイイイイン!!

アイジャがぴとりと瓶の表面に手を付けた瞬間、とんでもない音が恭一郎達の鼓膜を襲った。

見ると、瓶の中の鎖がものすごいスピードで回転している。瓶の表面にその先を擦《こす》り付けながら、数秒後にはもはや肉眼では捉えきれない速度で回り続けていた。

「まあ当然、発電量を多くするにはそれだけ魔力は必要さね。あたしだから軽く回してるけど、こいつを稼働させるには上級魔法使いが三人は必要になる。そこらへんと、小型化。あとは騒音対策が課題かねぇ」

アイジャは困り顔で眉をひそめた。その発言に、リュカが今日一番の驚きを発する。

「……え⁉　これ、アイジャさん以外でも動かせるの⁉」

そんな馬鹿なと言うように、リュカはふらふらと瓶に近寄っていく。恭一郎は聞き流したが、リュカにとっては凄まじい衝撃だったようだ。目の焦点が合っていない。

「そりゃ、あたし以外が動かせないと意味ないだろ。リュカ助なら動かせると思うよ。魔力込めてみな」

アイジャが瓶から手を離し、リュカにほれと促す。段々と低い音になっていく鎖が完全に止まるのを待ってから、リュカは恐る恐る瓶に手のひらを付けた。

「……がうっ‼」

リュカが、歯を食いしばって魔力を込める。すると、ほんの少しだが鎖が動き始めた。

「ぐ、ぐぅうううう‼」

じゃらんと、一周だけ回った鎖が瓶の底へと垂れる。リュカではそれが限界らしい。ぜぇぜぇと息を吐きながら、悔しそうに瓶の中の鎖を見つめた。

「たった、あれだけ……」

右手を瓶に付き、リュカは必死に呼吸を整えている。そんなリュカを見下ろして、アイジャは上出来だと肩を叩いた。

「落ち込むなリュカ助。鎖を動かせるだけ、大したもんさね。心配しなくても、お前さんの歳でこれが回せる奴はそんなにいやしないよ」

ぎりっと牙を噛《か》みしめていたリュカは、アイジャの言葉にこくりと頷いた。それを心配そうに見つめていた恭一郎の方を、アイジャはゆっくりと振り向く。

「さて、ものは揃った。それでだ、お前さんに頼みたいことがあるんだ」

「へぅ⁉　は、はい。構いませんけど」

突然話を振られて、つい変な声が出てしまう恭一郎である。すっかり傍観者モードだった恭一郎に、アイジャが照れたように両手を合わせた。

「これ、売り込んでくれないかい？　まさか勝手に電線を張るわけにもいかないだろ」

上目遣いで胸を強調しながら、アイジャは申し訳なさそうに恭一郎に頼み込む。

そんな表情で言われてしまっては、恭一郎の返事は一つしかない。

「お任せあれ」

恭《うやうや》しく礼をして、恭一郎は姿勢を正した。

美しいアイジャの顔の目の下に、隈が浮かんでいる。この十日、ろくに寝ていないのだろう。

ここから先は、自分の仕事だ。

◆　◆

「おおー。すごいですね」

恭一郎は、青空を背景に輝く白い糸を見上げながら表情を緩めた。

しっぽ亭が店を構えるストリート。飲食店や道具屋が軒を連ねる街道に、木製の柱が何本も立てられている。一番向こうに立てられた柱は、恭一郎の肉眼では確認できない。それぞれの柱の間は、白い糸で繋がれていた。

「ほんと、キョウイチローさんが頭下げに来たときは何事かと思いましたよ。まさか、街灯を設置させてくれやなんて」

しっぽ亭の正面で設置作業を見ている恭一郎の横で、レティが明るく笑いながらそのときの驚きを語る。

恭一郎は、申し訳ないと頰を掻いた。

「ごめんね、レティちゃん。こういうとき頼れるの、レティちゃんしか思い浮かばなかったから」

何気ない恭一郎の言葉に、レティの顔が真っ赤に燃える。かぁと、レティの頭上のお皿が乾いていった。河童の少女は、その顔色を悟られないように声を大きくする。

「ま、まぁ。うちに頼んで正解でしたよ。そ、そうですね。シャロンじゃなくうちに言ってきたのは、よかったと思います」

どう返したらいいか分からずに、レティはとにかく何でもいいやと言葉を吐き出した。頼られた嬉しさで思わず本音がだだ漏れになるが、案の定、恭一郎は気がついていない。

恭一郎がシャロンではなくレティを頼ったのには、いくつか理由があった。

アイジャ瓶の制作のための巨瓶や倉庫の手配など、河童建設はもともと今回のことに色々と協力してくれているというのが一つ。もう一つは、電灯の普及のためには河童建設をはじめ、商工業者の手助けが必要不可欠だということだ。

柱を立てて、アラクネの糸でできた電線を張り巡らせればそれでいいという話ではない。電球やそれを覆う街灯のランプ部分の製作には、ガラス職人の協力が必要になる。

それだけではない。最も重要なのは、今までの油式の街灯に携わる人の存在だ。

電球式の街灯は確かに素晴らしいが、それによって仕事を失う人が出るのはアイジャの本意ではないだろう。そのあたりの調整のためにも、河童建設及び商工組合との話し合いは不可欠だった。

「みんな、喜んでくれはりましたよ。今までの街灯を取り壊すとなったら話は別ですけどね。新しいのを作るってんなら、凌《しの》ぎが増えるだけやから」

色々なところと話し合った結果、とりあえずしっぽ亭のある通りに街灯を付けてみようじゃないかという話になった。この辺りはもともと街灯の数が少ない上に、油不足の影響で街灯が消されてしまっていて、通りの店主達から不満の声が出ていたのだ。恭一郎の話は、丁度いいタイミングだったと言える。

「柱の数増やして、ランプの中身取り替えるだけですからね。電線張るのは大仕事やけど、まあ見といてください。明後日までには終わらせますよって」

自信満々のレティの言葉に、恭一郎は驚いて振り返る。かなりの作業速度だ。流石《さすが》はエルダニアが誇る土木会社といったところだろう。

恭一郎は、わくわくしながら電柱の上で作業している若い衆を見つめた。

「ほら！　あんたら、ちんたらやってると日が暮れてまうでっ！　しゃっしゃとせんかいっ!!　しゃっしゃとっ!!」

レティの怒号に応え、若い衆が鬨《とき》の声を上げる。ちょっとした軍隊のようなものだ。恭一郎はびりびりと震える空気を感じながら、改めてこの子もただ者じゃないよなと背筋を伸ばす。

「アイジャさんにも、言っといてください。うちが責任を持って成功させてみせます」

レティがにこりと恭一郎に笑いかける。恭一郎も電線を晴れた笑顔で見上げた。

きっと、明後日にはこの通りが目映《まばゆ》い光で埋まるだろう。

◆　◆

「にゃ。お疲れさまでした」

「ほんと、疲れたよ。まあ、そのおかげでいい仕事はできたさね」

ぐでっとテーブルの上に足を組むアイジャに、メオが水の入ったグラスを手渡した。その横では、恭一郎もお疲れさまでしたと頭を下げる。

「アイジャさんのほうはどうでしたか？」

「ん、問題ないよ。要《かなめ》の瓶を置くとこだからね。魔力通路のことも考えて、色々と口を出させてもらったけど、流石《さすが》に優秀だわ。魔法のことが分かってなくても、だいたい希望通りに設置してくれたよ」

アイジャの口振りに、恭一郎はへぇと頷く。やはり、河童建設の従業員はとんでもなく優秀なようだ。レティの自信も当然と言えよう。

「……で、魔法使いはどうなったの？　必要でしょ。魔力注入する役が」

恭一郎がレティのお皿を思い出していると、リュカがそう言いながら階段をぽてぽてと下りてきた。

最近、少し様子のおかしいリュカである。不機嫌なわけではないが、持ち前の明るい笑顔をここ数日見ていない。今も、こちらに話しかけてはいるものの、皆の方を見ずに水瓶まで一直線だ。

「ああ、そこらへんも問題ないよ。何すればいいか分からずに、くすぶってる奴なんか沢山いるからね。めぼしい奴に声かけといた」

「……ふーん。そうなんだ」

リュカがちらりと視線を動かす。ただ、すぐに興味ないとばかりに背を向けた。

「じゃあリュカ、勉強があるから。じゃましないでね」

「ん？　何言ってんだい。リュカ助、お前さんもやるんだよ」

ぴたりと、リュカの動きが止まる。そして、ゆっくりアイジャの方を振り返った。

「……え？　リュカもっ？」

「そのつもりだったんだけど、まあ嫌ならいいよ。お前さんも忙しいだろうし」

悪かったねと、アイジャはにこやかな顔でリュカに手を振った。それを見て、慌ててリュカがアイジャに詰め寄る。

「そ、そんなこと言ってない!!　い、いいの!?　リュカもやっても!?　だって、リュカあれだけしか……」

「かまやしないさ。微々たるもんでも、マイナスにゃならないんだから。腕の立つ奴にしか声かけてないからね。色々と教わるといい。あたしだけじゃ偏っちまうからね。ちょうど、お前さんの得意な炎属性の上級魔法使いもいるよ」

アイジャがしてやったりの表情を浮かべている一方で、リュカはわなわなと震えている。曇《くも》っていたリュカの瞳に輝きが戻っていくのが、恭一郎にも分かった。

「あ、ありがとうアイジャさん!!　こ、こうしゃちゃいられない。べ、勉強してくるっ!!」

どだだだと階段へ駆けていくリュカの背中を見送りながら、恭一郎はアイジャにぺこりと頭を下げる。

「すいません。リュカちゃんの最近の悩みは、俺には手に負えなくなってきてて」

「ま、それも仕方ないね」

アイジャは胸の谷間から電子タバコを取り出すと、それを指に挟んだ。煙の奥から洗い物を終えたメオがやってきて、グラス片手によいしょと椅子に座る。

「やっぱり、難しい年頃なんですかねぇ」

「それもあるけど、リュカ助の場合は特別さね。なんせ、あたしがそばにいるからね。自分がどれだけすごいかも分かってないのさ。一般的な才能って奴に触れさせるいい機会だ」

弟子の行く末を見守るアイジャの視線に、恭一郎は吸い込まれた。きっと、この人は自分の何歩も先を生きているんだろうなと、ふと思う。

「ふふ。そんなにしゅんとするんじゃないよ。お前さんのおかげで、ずいぶんと助かった」

微笑むアイジャを見て、ああやっぱり敵《かな》わないなと恭一郎は頬を掻くのだった。

◆　◆

二回夜が明け、ついに点灯の日の前日となった。

恭一郎たちしっぽ亭の面々は、わいわい話し合いながら、歩き慣れたストリートを進んでいく。

「すごいですねぇ。何か景色が変わっちゃった」

メオが頭上に続く白糸を見上げながら、ほえぇと呟く。少したゆんだ糸は、道の柱の上に付けられたランプの中から中へと繋がっていた。

恭一郎からすれば懐かしい雰囲気が漂う光景だが、メオやリュカにとってはそれこそ異世界じみた景色だ。恭一郎も、ここに電気が通るのかと興味深げに糸を見つめる。

「ぎゃうう……」

「ん、どうしたんだい？　リュカちゃん」

硬い様子で恭一郎の横を歩くリュカに、恭一郎はおやと振り向いた。流石《さすが》の妹竜さまも、少しは緊張しているのだろう。

「だって。アイジャさんが声かけるような魔法使いって……。リュカが交ざって大丈夫かな」

「ダイジョウブ。リュカ。スゴイ」

リュカの後ろから、ヒョウカがよしよしとリュカの頭を撫《な》でる。いつもとは逆の立ち位置に、恭一郎の頬が思わず緩んだ。

「アイジャさんが先に行ってるから、リュカちゃんのことも話してくれてるはずだよ。はは。大丈夫、きっと皆いい人だよ」

「そうですよ。ああ見えて、アイジャさん人を見る目はあるんですから」

メオが、恭一郎の方を見てふふと笑う。恭一郎はその笑顔に照れながら、リュカの緊張をほぐすようにぽんと頭を叩いた。

「どんな人たちか、楽しみだねー」

「……げっ」

声を最初に発したのは向こうだった。恭一郎の顔を見るや心底嫌そうに顔を歪《ゆが》めたその男は、勘弁してくれとアイジャに視線を送る。

「うにゃにゃ。きょ、恭さん……」

メオが恭一郎の顔を覗《のぞ》き込んだ。角度的に恭一郎の表情を読み取れなかったメオが、不安を覚えて冷や汗を垂らす。

「おお、来たかいキョーイチロー。こいつらが、アイジャ瓶の魔力係を引き受けてくれた連中だ。全員実力はあたしの折り紙つきさね」

恭一郎は、アイジャの顎《あご》の先の面々に目を向ける。眼帯を着けた、ネズミ耳の男。鎧甲冑に身を包んだ、二メートルを優に超す大男。ただ者ではないオーラが、素人の恭一郎にも伝わってくる。

そして、その横にもう一人。

真紅のローブと帽子に身を包んだ、エルフの上級魔法使い。ゲーデルは苦々しい表情で、恭一郎の視線から顔を逸らしていた。

「えっと。……誰？」

辺りの様子から、何かを察したリュカが聞いてくる。あのときはまだリュカはしっぽ亭に来ていなかったのかと、恭一郎は過ぎ去った時間に軽く驚いた。

「……ゲーデルさん。ほら、私を襲った」

「え？　うそっ。何でそんな人がっ……」

恭一郎の代わりにこっそりと耳打ちしたメオの言葉を聞いて、リュカがびくりと驚き警戒する。当然だ。ゲーデルの見た目は知らずとも、その一件はリュカも色々と聞かされている。

ゲーデル。恭一郎がこの世界に来たばかりの頃にねこのしっぽ亭を襲った、強盗まがいの上級魔法使いである。

「けっ。……アイジャの姉御。悪いが、やっぱり俺にこの仕事は……」

リュカの反応を見たゲーデルが、アイジャの方を振り向いた。すまねぇなと、赤いローブをはためかせてその場を立ち去ろうとする。

「……あ？」

しかし、アイジャの返事も聞かずに進むゲーデルの足が、ぴたりと止まった。その歩みを止めたのは、他でもない恭一郎だ。

「お前……」

ゲーデルは不思議に思い恭一郎を見つめる。まあ、何か言いたいんだろうと、ため息をついて肩を竦《すく》めた。

「僕は、あなたが嫌いです」

恭一郎の口から飛び出した言葉に、その場の空気がぴんと凍る。メオは口を押さえて、リュカは目を見開いて、心底驚いたように恭一郎を見つめた。

二人とも、恭一郎が誰かを嫌いだと言うところなど、見たことがない。

激怒する恭一郎を間近で見たことのあるヒョウカは、心配そうに恭一郎とゲーデルを見比べていた。

「まぁ。そうだろうな」

当たり前だと、ゲーデルは自嘲《じちょう》気味に笑う。罵倒《ばとう》でも何でもしろと、ゲーデルは自分のひげをゆっくり撫《な》でた。そんなゲーデルに、恭一郎は言葉を続ける。

「あなたは、僕がこの世界で初めて嫌いになった人だ。今でも、あの日のことを許してはいない」

奥にいる鎧騎士が、恭一郎の鋭い眼光を見て、がちゃりと腰を上げた。それをアイジャは、ちょいと待ちなと左手で制す。

「……お前っ」

ゲーデルの目が驚愕《きょうがく》の色に染まる。信じられないと、自分の目の前に差し出されたものを見つめた。

右手。最もシンプルで分かりやすい、親交の誘い。

「きっと、僕はあなたを許すことはないでしょう。ですが、それとこれとは話が別です。あなたの力が、アイジャさんの夢に必要だというのなら……お願いしたい。あなたの力を、貸してください」

真っ直ぐな眼差し。それを受け、ゲーデルは何がどうなっているとアイジャを見つめた。ま、そういうことさねと肩を竦《すく》めて微笑むアイジャ。ゲーデルは、いよいよわけが分からずメオを見つめる。

「にゃはは。お久しぶりです」

気まずそうに、ただぺこりと下げられたメオの頭を見て、ゲーデルは思わず声を漏らした。

「くくっ。わけ分かんねぇ。……ほんと、あのときと同じだな。アホすぎるぜ、お前さん」

ゆっくりと、ゲーデルは恭一郎の右手を、そして、メオの横のリュカを見やった。その視線を受け、リュカがぐしぐしと手で髪を乱す。

「もう。はよキョーにいちゃんの手を取りなよ」

その言葉にゲーデルは一瞬止まり、再び笑った。奥で眼帯男と鎧騎士が、ほおとリュカを興味深げに眺める。

「安心するがいい、豪胆な少女よ。君の安全は、我々が保証しよう」

「その通り。ゲーデル、その女の子に指一本触れてみろ。その瞬間、ボクの剣《つるぎ》が貴様の首と胴を切り離すぞ」

後ろから心強い言葉をかけられ、リュカがにぱっと牙を見せた。

それを視界に捉えたゲーデルは、自分でも分からないほど自然に手を伸ばす。思わず、笑みが漏れた。誰に感謝するかも分からないまま、ゲーデルは心に湧《わ》いた何かが冷めないうちに恭一郎の右手を握る。

しっかりと、二人は握手を交わした。

「改めて、名乗らせてくれ。オスーディア学院出身、炎の上級魔法使いゲーデルだ。あんたはああ言ったが、俺は……って、痛てぇっ！　痛ててて っ!!」

ぎしぎしぎしぎし。

「ちょ、痛てぇ!!　放っ、放せっ!!　いててて っ!!　ま、マジかこいつっ!?」

ゲーデルが、苦痛にその顔面を歪《ゆが》ませる。

日本でバスケ、こちらでフライパンと包丁を握ることで鍛えた握力だ。そんじょそこらのエルフには負けない恭一郎である。

「ふふふ。握手を交わした時点で契約成立。後は、個人的な恨みを晴らさせてもらいますよ」

「うおおおっ、おれ、折れるっ!!　空気、空気読めねぇのかお前はっ!!」

そんな二人を見つめながら、あらあらとメオは困ったように微笑んだ。

「恭さんったら。逞《たくま》しくなって」

「ゴシュジン。ツヨイ。ガンバレ」

そんな様子を、アイジャがけらけらと笑って眺める。鎧騎士と眼帯男は、何がどうなっているんだと互いに顔を見合わせた。

アイジャ瓶の周りに集う、時が止まった魔法使いたち。

きっと、このとき。世界の止まっていた何かが、動き出したのだ。

8　輝く街の、夜空の下で

「はあああああっ!!」

「でぇえええい!!」

「ふおおおおお!!」

三者三様の気合いのこもった叫びが響きわたる。アイジャ瓶が設置された建物の中で、恭一郎たちはその様子を固唾《かたず》を呑んで見守っていた。

「あっ、すごい。浮いた」

リュカがぽつりと呟くのを皮切りに、じゃらんじゃらんと底を回っていた鎖が浮き上がる。加速を続ける鎖は、徐々にその先を肉眼で追うことが不可能になっていった。

びいいいんと、アイジャ瓶が発電の唸《うな》りを上げる。

「ぐっ、おおおお。相変わらずきついでござるな」

「アイジャ姉さんはこれを一人で。やっぱりすごい……」

「アホども。口を動かす暇があったら、魔力込めろ」

ゲーデルを含め、三人とも必死に魔力を瓶の中へと送り込む。

思った以上に過酷な作業を目の当たりにして、恭一郎はちらりとアイジャの方を見た。

「ん？　そうさねぇ。こいつらでも、一日分の電力を稼ごうと思ったら……八時間。二時間ごとに休憩挟んで、四セットだね」

あっけらかんとしたアイジャの言葉を聞き、瓶の周りから悲鳴が漏れる。

「は、八時間!?　血も涙もござらぬっ」

「し、死ぬっ！　確実に死ぬっ！」

「これだから若い連中は。大戦に比べれば……ふおおおおおおっ!!」

ゲーデルのローブがはためき、鎖の速度が見るからに加速する。

アイジャはふむと頷き、周りの面々は思わず感嘆の声を漏らした。

「す、すごっ。あの人、すごかったんだ」

リュカが、尊敬の眼差しでゲーデルを見つめる。

ゴロツキ同然に落ちぶれていたとはいえ、ゲーデルの実力は本物だ。オスーディア卒を示す焦げた銀バッジは伊達《だて》ではない。

「うーん。ローブがはためいてるのは、無駄な漏出魔力の余波なんだよねぇ。四十五点」

そんなゲーデルに、アイジャはやれやれと眉を下げた。

「厳しいっ！　厳しいでござるっ！」

「でも確かに。いい格好がしたくて、飛び出した感は否めない」

「くそがあああ。今に見てろやあああああああ!!」

そんなわけで三人の上級魔法使いは、ひとまずの二時間を死にものぐるいで駆け抜けたのだった。


「はい、お水ですよ。お疲れさまです」

ぐったりと力尽きた鎧騎士に、メオが大丈夫ですかと声をかける。差し出されたグラスを、鎧騎士は礼を言いながら受け取った。

「ありがとう、お嬢さん。はは、みっともないところを見せちゃったね」

音を立てながら鎧騎士は身体を起こす。ぜぇぜぇと息を吐き、呼吸を整えるのも大変そうだ。

「やっぱり、しんどいですか？」

「そりゃあねぇ。言ってしまえば、二時間ずっと魔法を連発してるようなもんだからね。ボクらじゃなきゃ、二十分もしないうちに気絶してるよ」

鎧騎士の言葉に、ほえぇとメオが感心する。横で聞いていた恭一郎も、少々ぞっとするものを感じた。

それはつまり、ここにいる三人は少なくとも、二時間はぶっ通しで魔法を連発できるということだ。大戦時に上級魔法使いの数が勝敗を分けると言われていたという意味が、実感として分かってしまう。

「しかし、やはりとんでもない発明でござるな。風、土、炎の上級魔法使い三人が魔力を込めて、それが全て雷に変換されるというのだから」

「確かに。そこらへん意味が分かんねぇな。俺は雷魔法なんて、これっぽちも使えんぞ」

床に寝ころぶゲーデルが、眼帯男の疑問に同意する。そもそも雷魔法はアイジャのオリジナルで、それを使えるのは勿論《もちろん》アイジャだけだ。

「はは、面白いだろう。まあ、要は雷魔法とは別物ってことさね。魔力を雷に変換してるんじゃなくて、電気を生み出すための動力として使ってるわけだ。つまり……」

へばっている魔法使い達に向かい、アイジャがにやりと笑う。その表情が何とも愉快そうで、一同はアイジャの瞳に目を奪われた。

「魔法とは全く別の技術体系。……科学さ」

歴史が動く。そういう瞬間が、世の中には確実に転がっているのだ。

◆　◆

次の日。いよいよ点灯の当日となったアイジャ瓶の前で、リュカは隣に腰掛けている鎧騎士に話しかけた。十五分ほど手伝っただけのリュカにも、どっと疲れが押し寄せてきている。

「ねーねー。みんなはさ、アイジャさんとは昔から知り合いなの？」

ちょっとした疑問を口に出すリュカに、休憩している鎧騎士が兜を向けた。

「ボクたちかい？　いや、大戦のときに直接会っていたわけではないよ。ボクなんかはあまり大戦には参加していないしね」

「あ、そうなんだ？」

リュカは意外だと兜を見上げる。言われてみれば、アイジャのことを『アイジャ姉さん』と呼ぶ鎧騎士は、アイジャよりも年下なのだろう。だとすれば、大戦時にはまだ子供だったはずだ。

「ボクはいわゆる戦災孤児でね。大戦の後、ごたついてる国境沿いで傭兵をやってたんだ。アイジャ姉さんとは、この街でたまたま知り合ってね。で、この仕事に誘われた」

「へぇ。……戦災孤児かぁ。ウソナと一緒だ」

リュカは、この間祭りで知り合った四腕の拳闘士を思い出す。

そもそも、大戦で両親を亡くしているリュカも戦災孤児のようなものなのだが、リュカ本人はそのことには気づいていなかった。

「ウソナっていうと……四腕のウソナ？　まさか、知り合いなのかい？」

「あれっ、知ってるの？」

驚くリュカに、鎧騎士は当たり前だと頷いた。少し興奮している鎧騎士を、リュカはきょとんと見つめる。

「四腕のウソナっていったら、拳闘期待の新星だよ。炎風二つの上級魔法使いにして、四刀流の使い手。ボクも魔法剣士だからね、彼女の活躍は楽しみにしているんだ。いや、この街に来る前は都にもいたことがあってね」

突然饒舌《じょうぜつ》になった鎧騎士に、リュカはへぇと相づちを打つ。

ウソナが有名なのは知っていたが、リュカからしてみればどれくらいすごいのかピンとこない。なにせ、ウソナは実の兄の相方で、その二人をまとめて瞬殺したアイジャがリュカの師匠なのだ。

事情を知らない鎧騎士は、興奮したまま言葉を続ける。ファンだった選手の知り合いに偶然出会ったのだ。拳闘マニアとしては語りたくもなるというものである。

「ウソナ選手といったら、忘れちゃならないのがパートナーのリュート選手さ。これがかっこいいんだ。魔法は使えないけども、それを補って余りある身体能力。力任せだって批判する評論家もいるけどね、ボクはリュート選手の戦い方こそ、剣士の本分だと思うね。後衛を護るために先陣を切る。これこそが男の役割さ」

「へぇー。リューにいちゃん、活躍してるんだ。よかったぁ」

リュカがほっとして息を吐く。周りの大人は、気を遣ってかあまりリュカにリュートの試合のことを話さないのだ。拳闘の結果を伝える記事に、時折リュートが負傷しただとか書いてあるからなのだが、リュカとしては愛する兄の活躍を聞くのは素直に嬉しいところである。

「えっ!? リュート選手とも知り合いなのかい!?」

「知り合いっていうか、リュカのにいちゃんだよ」

それを聞き、鎧騎士の目が兜の奥で見開かれた。おまけにあんぐりと口まで開けているのだが、そんなことを知らないリュカはどうしたんだろうと鎧騎士を見つめる。

「う、うわぁっ！ ほんとにっ!? す、すごいっ！」

「って、うるせぇぞっ!! 休憩するなら静かにしやがれっ!!」

興奮してはしゃぐ鎧騎士に、アイジャ瓶に魔力を注入していたゲーデルが大声で怒鳴った。鎧騎士はそれに不服そうに振り向く。

「どうしたでござるか？ 二人で楽しそうに」

そこに、眼帯の男が興味深そうにやってきた。外の空気を吸いに行っていたのだが、鎧騎士の興奮する声を聞いて戻ってきたのだ。ここまではしゃぐ鎧騎士は見たことがない。

「おお、聞いてくれよ。リュカちゃんのお兄さん、あの『竜剣士リュート』らしいよ」

「ほう。というと、拳闘の？ いや、素晴らしい。どうりで妹殿も筋がいいわけだ」

眼帯の男も、感心したように驚いた。その反応を見て、リュカの心に誇らしい気持ちが湧《わ》き上がる。どうも、兄は自分が思っている以上にすごい人になっているようだ。

「リューにいちゃん、そんなにすごいの？」

「ははっ。灯台もと暗しとはこのことだな。リュカ殿の兄上はすごいでござるぞ。なにせ、一年足らずで拳闘の最上位リーグまで上り詰めたのだからな。まぁ、あそこは化け物ぞろいゆえ、今までのようには行かぬだろうが、それでも数年後には分からぬぞ。もしかしたら、王者の座に就いておるやもしれぬ」

眼帯の男の話に、隣で聞いていた鎧騎士がうんうんと頷く。

リュカはびっくりしてしまった。リュートが王者と言われても、あまり想像できない。怪我さえしなければいいと、そう思っていたからだ。

「なんにせよ、ウソナ殿もリュート殿も素晴らしい武人よ。……少なくとも、我らのように歩みを止めてはおらぬのだからな」

「ははは。そこを突かれると何も言えないよね、ほんと」

恥ずかしそうに笑う彼らを、リュカはぼんやりと見上げる。

考えてみれば、ここに集っている彼らはアイジャが認めた実力者だ。となれば、都の拳闘の選手になるくらい、わけないだろう。

ただ、「何でやらないの?」という疑問をリュカは呑み込む。

実力があれば、才能があればそれができるというわけではない。歩みを止める理由は、いつでもどこにだって転がっていて、彼らはそれに躓《つまず》いた。

そのことを非難する権利など誰にもないことを、リュカは嫌というほど知っている。

世界最強の魔法使いだって、そうなのだ。

「だいじょうぶ。みんな頑張ってるもん」

そう言って笑うリュカを、二人の魔法使いが見つめる。そして、堪《こら》えきれない笑みを頬に浮かべた。

「さて、となれば頑張らねばならぬな。……おいゲーデル、交代だ」

「ああ？　まだ休憩の時間じゃないだろうが」

眼帯の男に言われ、ゲーデルがちらりと机の上の砂時計に目を留める。砂が示しているのは、まだまだ頑張りなさいという事実だ。

「はは。いやなに、急に頑張りたくなってな」

「あ、じゃあボクもやろうかな。ほら、ゲーデルは休んで休んで。おっさんなんだから」

急にやる気を出した二人組に、ゲーデルはわけが分からないと首をひねった。しかし、おっさんと言われ、ゲーデルの額に青筋が浮かぶ。

「おい、ちょっと待て。俺は休憩なんてしないぞ。それに、俺はおっさんじゃなく、まだお兄さんで通る……」

「いやいや、ないから。それはないから。紛《まご》うことなきおっさんだから」

鎧騎士がぷっと噴き出して即座に否定する。どこからどう見てもおっさん全開のゲーデルに、眼帯の男も愉快そうに頷いた。

「てめぇら。どうやら俺を怒らせたいようだな」

「だってさぁ。……そうだ、リュカちゃんに聞いてみようよ。リュカちゃん、ゲーデルってお兄さん？」

けらけらと笑う鎧騎士が、リュカの方へ兜を向ける。鎧騎士の質問に、リュカはうーんと腕を組んだ。

「……おじいちゃん？」

「えっ⁉」

ぽとりと出た率直な言葉に、ゲーデルの目が見開かれた。がっくりと膝《ひざ》を突くゲーデルを見て、鎧騎士が我慢できないと声を上げる。

「あははははっ！　おじ、おじいちゃんっ！　あはははっ！」

「くく、失礼でござるよ。ご老人に向かって」

眼帯の男も、堪《こら》えきれない笑みを手のひらで隠した。

そんな三人のやりとりを、リュカは不思議そうに見つめている。

「だって、二人がおっさんだから。ゲーデルはおじいちゃん」

「「えっ⁉」」

無慈悲な子供の宣告に、三人は同時に進みかけていた時を一瞬止めるのだった。

◆　◆

日が西の空に沈んだ頃、ぽつりぽつりとエルダニアの街に明かりが灯っていく。

そんななか、とある通りだけが、それぞれの店の窓から漏れる篝火《かがりび》のみで照らされていた。そこだけ街から切り抜かれたかのように、ぽっかりと黒く細長い穴が空いている。

そんな通りを一望できるしっぽ亭の屋上に、アイジャと恭一郎は腰を下ろしていた。

「いよいよですね」

「ああ」

恭一郎の言葉にアイジャは短く返す。電子タバコを片手に、穏やかな瞳で白い電線を見つめていた。

「アイジャ瓶のところには行かなくていいんですか？」

「後はスイッチをちょいと倒すだけさ。それくらい、あたしがいなくてもやってもらわなきゃ困る」

三人の頑張りのおかげで、アイジャ瓶の中には今夜を照らすだけの魔力は充分に溜まっているらしい。後は、スイッチを入れるのみ。それだけで、この通りが白い光に包まれる。

「お前さんこそ悪いね。今日、仕事休みもらったんだろ？」

「ははは。店長から、ピッツア焼いてる場合ですかって言われちゃいました」

恭一郎は、照れながら頭を掻いた。

「……あたしと見ようとは思わなかったのかい？」

「本音を言うと、見たかったです」

にこりと笑う恭一郎に少し呆れ、アイジャはまったくと、そっぽを向いた。アイジャの頬がほんのりと赤く染まると、恭一郎は嬉しくなって空を見上げる。

「メオさんに感謝ですね。……それに、色んな人達にも」

んうーっと伸びをする恭一郎に、アイジャはゆっくり身体を向けた。その真剣な眼差しに気づいた恭一郎が、きょとんとして振り返る。

「ありがとう。お前さんがいなかったら、ここまで来れなかった」

「俺は大したことはしてませんよ」

そう頬を掻く恭一郎に、アイジャはそんなことないと首を振る。そして、先ほどの恭一郎の言葉を優しくなぞった。

「お前さんの言う通りさね。たくさんの人に、感謝してる。メオに、レティに。終《しま》いには、あのゲーデルにまで感謝の気持ちでいっぱいだよ」

その人達だけではない。河童建設の従業員。商工組合の人々。そして何より、この計画に賛成してくれた通りの店の主人達。

その人達の中心には、いつも一人の青年の姿があった。

いつも優しく微笑みながら、それでいてどこか抜けている。頼りがいがあるんだかないんだか分からない彼のもとに、みんな自然と集まってきたのだ。

アイジャは、ゆっくりと瞼《まぶた》を閉じた。

感じる。もうすぐだ。

「誇りな。今からお前さんに、お前さんの、サトー・キョーイチローのすごさを見せつけてやる」

ぱちりと、目を開けた。

その瞬間、白線に小さな輝きが流れる。

「これが、お前さんが連れてきてくれた世界だ」

アイジャが笑う。

そして、恭一郎は見た。

ぱちぱちと光輝く、懐かしいあの光を――。

「うわぁ」

街が、通りが光に遅れてざわつき始める。人々が店から顔をのぞかせ、この世界で初めての光景を目にしようと明るい通りを見上げていた。

揺らめく炎とは比べものにならない、闇を切り開く光。

恭一郎はまるで子供のように、その科学の灯火《ともしび》を眺めていた。

「す、すごい！　アイジャさんすごいですよ！　日本に帰ってきたみたいだっ！　やったっ、成功ですよっ!!」

すごいすごいと、同じ言葉をアイジャの肩を叩きながら繰り返す。

本当にすごい。ここは、異世界なのだ。地球でも、日本でもない。自分はどこか知らない世界に迷い込んできた、ただの旅人だったのだ。

「綺麗な、もんだね。ああ、本当に綺麗だ……」

アイジャの声が、夜空に溶ける。恭一郎は、そこで初めてアイジャの瞳を見つめた。

「……アイジャさん」

「ごめんよ。でも、今日くらいは。勘弁、しておくれ」

頭上を見上げるアイジャの目には、すでに夜空しか映っていなかった。こみ上げてくるものを抑えようと、ゆっくり瞼《まぶた》を閉じる。それでも確かに感じる白い光。それは、アイジャの頬に止め処なく流れる涙を照らしていた。

「キョーイチロー……あ、あたしの。あたしの魔法は、役に、役に立ったかい？　ごめんよ。今は何でか、よく見えないから」

恭一郎は、震える英雄の代わりに通りを見下ろす。そこには、新たな光に沸き上がる人々の笑顔が、ずっと向こうまで続いていた。

「……ええ。ちゃんと届いていますよ。アイジャさんの想いは、皆のところへ」

すっと、恭一郎はアイジャを抱き寄せる。よしよしと、くしゃくしゃの顔をした英雄の頭を撫《な》でた。またかよとでも言うように、お邪魔なとんがり帽子が下に落ちる。

「頑張ったね」

「……うん」

泣きじゃくるアイジャが、こくりと頷く。

ずっと、ずっと独りで走り続けてきたのだ。

全てを背中に置き去りにしてきた英雄の隣には、今は一人の青年が立っている。どうもへたれな青年だが、その青年が手を引いてくれたから、彼女は一歩前に進めた。

「キョーイチロー、愛してる」

一つの影がもう一つを押し倒し、そうして影は一つになった。

「っと。よしよし。……なんか、二年前を思い出しますね」

「えへへ。でも、あのときより好きだよ。……本気で、愛してる」

アイジャの顔が、優しく微笑む。そのまま、ゆっくりと瞳を閉じた。

「ありがとう。あたしを、ここまで連れてきてくれて」

口付けの前に出てきたのは、何度思ったか分からない彼への気持ちだ。

◆　◆

「おおっ、すごいな。大成功やんか」

目映《まばゆ》く光り輝く街灯を、レティは安堵した表情で見上げた。張りつめていた緊張が、ふっと解ける。

「おお、なんと。まこと、昼のようでござるな」

「うわぁ、すごいねぇ。ボク達なんかでも役に立つもんだ」

見上げるレティの背後から、眼帯の男と鎧騎士が姿を現す。街を照らす電灯に、二人は思わず感嘆の声を漏らした。

はるか上空には、漆黒の闇。その闇の下で、自分たちは昼と変わらず光の恩恵を受けている。

素晴らしいと、眼帯の男は呟いた。

「……彼女の、おかげでござるなぁ」

時が止まっていたのは、どれほどの間だっただろう。いや、月日にすれば十数年。計算するのは容易《たやす》い。

だがもう何十年も、自分はあの戦場に座り込んでいたような気がする。眼帯の男は、おもむろに左目の布地を掴《つか》んで外した。

「見えるのかい？」

「いや、とうの昔に死んでおるよ。なれど……ああ、本当に綺麗な光だ」

その声に、鎧騎士も兜に手をかける。隙間越しに見るには、あまりに惜しいと思ったからだ。少しだけ躊躇《ためら》って、鎧騎士は兜を両手で持ち上げた。

その下から出てきた素顔に、眼帯を外した男が驚愕《きょうがく》する。

「お主……女人でござったか」

「内緒にしておいてもらえると嬉しいね。……とはいえ、アイジャ姉さんは気づいていると思うけれど」

くすりと笑って、鎧騎士は後ろを振り返る。ふてくされるように座り込む男の姿が、そこにあった。

じっとアイジャ瓶を見つめ、頑《かたく》なに外へ目を向けない。

「ゲーデル、お前も見なよ。お前が一番頑張っていたじゃないか」

素顔を出したまま、鎧騎士は声をかける。けれどゲーデルは、軽く右手を上げるだけでそれに応えた。そっちには行かないと、右手をふらふらと左右に振る。

「まったく。もう見せてやらないぞ」

鎧騎士は唇を尖《とが》らせながら、ゲーデルに背を向けた。兜を外すのは今日だけだ。あいつには絶対に素顔を見せるものかと、鎧騎士は兜を小脇に抱えたまま街を見つめた。

背中から射し込む光を地面に見つめ、ゲーデルはぐっと奥歯を噛《か》みしめる。

何と言われようが、今の顔を見られるわけにはいかない。

「……へっ、まったく。大したもんだぜ」

誰に向けたか分からない賞賛を、ゲーデルは口にした。

本当に、後ろを振り向くわけにはいかない。

あの光はきっと、直接見るには眩《まぶ》しすぎる。

赤いローブの上級魔法使いは、背中から漏れ出てくる光を、じっと優しく見守るのだった。


「わぁー！　すごいすごいっ！　ほんとに明るいっ！　昼みたい！」

しっぽ亭の前で、リュカが輝く街灯に飛び跳ねた。この電灯を照らしている源の中に、少しだけ自分の魔力も入っている。何だか誇らしい気持ちになり、リュカは後ろで空を見上げるメオを振り返った。

「メオねーちゃん、すごい！　やっぱアイジャさんはすごいよ！」

「ほにゃあ。ほんと、綺麗ですねぇ」

メオも、びっくりして辺りを見渡す。アイジャの部屋で電灯のランプは見たことがあるが、閉鎖された部屋と外で見るのとでは大違いだ。まさか、本当に夜を昼みたいに変えてしまうとは。

「スゴイ。ゴシュジン。シゴトシナクテイイ」

何か勘違いしているヒョウカも喜び、ちびっこ二人はきゃあきゃあとはしゃぎ合う。

「そうだ。アイジャさんにおめでとう言ってこないと！」

「おっと。待ちなさい」

屋上へと向かって駆け出そうとするリュカを、メオががしっと捕まえる。襟首《えりくび》を掴《つか》まれたリュカが、ぐえっと苦しそうに勢いを止めた。

「ちょ、何すんのメオねーちゃん⁉」

「今はそっとしておいてあげましょうよ。アイジャさん、頑張ったんですから」

けほけほと咳込みながら、リュカは「あーなるほど」と唇を尖《とが》らせた。

「えー、でもいいの？　結構まずいんじゃない？」

おませな天才は、心配そうにメオを見つめる。その視線に、そうですねぇとメオはわざとらしく眉を寄せた。

「ま、今夜くらいは大目に見ましょうか。……ほら、こんなにも綺麗なんですから」

にっこりと笑いながら、メオは通りを振り返った。そこには、信じられないものを見た人々の笑い声が溢れている。

「綺麗ですねぇ」

しみじみと、メオは優しく光を見つめた。

◆　◆

「あたしさ、幸せだよ」

胸の上で呟きがこぼれ、恭一郎は自分に抱きつくアイジャに目を向けた。言葉通り幸せそうに微笑むアイジャが、子供のような顔で恭一郎に語りかける。

「……ただ、今でもやっぱり分からないんだ。何であたしだったのか。あたしが幸せになってもいいのか」

声色の変化に気づき、恭一郎は心配してアイジャの口元を見つめた。口を開こうとした恭一郎を、アイジャは言葉を続けることで制する。

「だからさ。頑張ってみようと思う。あたしであった意味を、みんなに証明してみせる」

ゆっくりと、アイジャの身体が持ち上がる。

膝《ひざ》で立つアイジャの瞳が、真っ直ぐに恭一郎を突き刺した。

綺麗だと、何度思うか分からない。

前髪の奥のアイジャの瞳に、恭一郎は息を呑んだ。

傍《かたわ》らに落ちていたとんがり帽を、アイジャはしっかりと被り直す。

「あたしは、キョーイチローと一緒に世界を変える。お前さんと一緒に、新しい世界へ進んでいく」

その声を聞いたとき、恭一郎は気づいてしまった。

これは、彼女の決意だ。

やはり、どこまでも強い人だと、恭一郎は誇らしい気持ちでアイジャを見上げる。

愛してあげたいなんて、思い上がりも甚《はなは》だしい。

「だから、あたしはもう一度置いていくよ。たとえキョーイチローとの幸せでも、それすら背中に置き去って、あたしはお前さんと世界を変える」

幼い日に、ずっと遠い昔に、夢見たことがある。愛する人と、幸せに。それをようやく思い出して、アイジャはくすりと微笑んだ。

せっかく手に入るかもしれないのにと、幼き日の自分が頬を膨らます。かつての彼らも、それでいいのかとアイジャの肩を叩いた。

「いいんだ。もう充分、貰ってる」

誰に向けたわけでもない呟きに、恭一郎は目を見開く。そして、参ったなと頬を掻いた。

随分と、いつの間にか立場が逆転していたようだ。少しだけ残念だと思ってしまって、恭一郎は思わず自分に呆れる。

「……振られちゃいましたね、俺」

「ふふ、意外と気分のいいもんだね」

すっきりした表情で、アイジャは夜空を見上げた。この頭上の星をいつしか、自分の明かりが覆い尽くす。

恭一郎も、アイジャの視線を目で追った。何となくアイジャの考えていることが分かって、恭一郎は電灯の明かりに目を向ける。

地球の空の下では、星が見えなくなったと誰かが嘆く。

だがそれはきっと、別の誰かが頑張った証だ。

「あ、流れ星」

恭一郎の呟きに、アイジャも細い目で空を見つめる。

流れ星を辿って街を見れば、明るい光が街の人々を包んでいた。その光景を、アイジャは黙って目に焼き付ける。

「やっぱり、独りじゃないってのはいいもんだね」

忘れかけていた気持ちを、アイジャはぐっと握りしめた。

かつて、当たり前に抱いていた気持ち。

ようやく振り返れるようになった彼らに、彼女はお別れを言いに行く。

また、歩き出すのだ。振り返ることなく、一歩でも前へ。


『じゃあ、行くね』

最後に、振り返った少女の輝く笑顔に、彼らは達者でなと手を振った。

自分たちのことは気にするなと、彼らは少女の背中を押す。

『ありがとう』

少女は光に向かい、勇気の一歩を踏み出した。

今度の道のりは、独りではない。

◆　◆

「うわぁ！　これでアイジャの姉御の十人抜きだぁー!!」

夜のしっぽ亭を、野郎どもの歓声が埋め尽くす。

白く輝く光に照らされた店内で、中央のテーブルの上に乗ったアイジャが酒瓶を両手にガッツポーズを掲げていた。

「おらぁ！　根性ある奴はいないのかい!?」

楽しそうに笑いながら、アイジャはぐびぐびと酒を飲み込んでいく。

「にゃはは。久しぶりですね、この感じ」

皿を洗い場に運んできたメオが、呆れたように尻尾を振った。石窯の火に集中していた恭一郎も、そうですねと微笑みながら客席の方を振り返る。

「まぁ。アイジャさんらしくて、いいじゃないですか。それに何というか。……楽しそうに飲むようになりましたよね」

男連中に囲まれながら、笑い声を上げているアイジャ。その笑顔を見つめる恭一郎の眼差しは温かい。それを見て、メオはふーんと返した。

「私は前からあんな風に見えてましたけど。……流石《さすが》は恭さんですねぇ。もうアイジャさんのことなら、何でも分かる感じですか？」

「え？　い、いえ。そんなことは……って、メオさん怒ってます？」

どきりとメオの方を見た恭一郎の視線を、メオはつーんと受け流す。慌てる恭一郎にはメオの背中しか見えないが、その顔はぺろっと舌を出していた。

「そうですねぇ。私のことも、もっと知ってほしいなぁ。なんて」

「……え？」

くるりと振り返ったメオの表情を見て、恭一郎の胸がとくんと跳ねる。

「にゃふふ。ピッツア、焦げてますよ」

「って、あああああ!?」

くすくすと笑うメオの指先の方を、恭一郎は振り返った。ぶすぶすと煙を上げ、表面が黒くなってしまったピッツアが目に飛び込んでくる。

背後に恭一郎の声を聞きながら、メオは店で騒ぐアイジャを見つめた。

言われてみれば、今まで以上に綺麗な笑顔だ。きっと、彼が何かしたのだろうとメオは尻尾を揺らす。

振り向けば、件《くだん》の青年は黒焦げになったピッツアを抱えて困った顔を晒《さら》していた。

「お給料から引いときますねぇー」

にゃふにゃふとご機嫌で歩いていくメオの背中を見ながら、恭一郎はしまったなぁと頭を抱えた。食べられないことはないが、商品にはなりそうにもない。

「あっ、待てよ。これ、タイザさんたちの注文か」

ふむと顎《あご》に指を当て、恭一郎はきょろきょろと店内を見渡す。ちょうど料金箱を抱えて席を回っているヒョウカが、カウンター近くに戻ってきていた。

「ヒョウカ。こっちおいで」

「ドウシタ。ゴシュジン。ムグムグ。ナニカクレル？」

今日もどっさり貢《みつ》ぎ物を貰ったヒョウカが、ちょいちょいと手招きする恭一郎の方へ近づいてきた。もぐもぐと何かを食べているあたり、お客からの餌付けは着々と進んでいるらしい。

この分なら、また真の姿の彼女に会える日は近いかもしれない。

「ヒョウカ。君に大事な任務を与える。このピッツアをタイザさんのところに持って行って、こう言うんだ。『タイザニーチャン。タベテ』って」

「タイザニーチャン。タベテ」

「そうそう。えらいえらい」

よしよしと頭を撫《な》でられたヒョウカが、へへへと得意げに胸を張った。言葉はまだ片言だが、最近では随分と感情豊かになった気がする。自分の大切な娘の成長を、恭一郎は心から喜ばしく思った。

「黒焦げじゃねーかとか言われたら、『タベテ。クレナイノ？』って言うんだよ」

「タベテ。クレナイノ？」

「そうそう。えらいえらい」

行ってきなさいとヒョウカにピッツアの皿を持たせ、背中を押されたヒョウカが元気よくタイザのテーブルに駆けていく。

これで減給は回避できたと、恭一郎は一仕事終えた気分で汗を拭《ぬぐ》った。

「しはは。恭一郎さんも、あくどいことを覚えたようで」

「はて、なんのことやら。幸い、うちの従業員は可愛らしい子ばかりなので」

恭一郎はカウンターで飲んでいる羊頭の青年に、にっこりと笑いかける。アランはグラスを口元に寄せながら、しはしはと愉快そうに頬を緩めた。

「しかし、本当に明るいですね。店内に電灯を引いてるのは、今のところしっぽ亭だけですか。ここだけ、まるで昼間のようだ」

試験的にだが、しっぽ亭にだけ今は電気を引かせてもらっている。スイッチでオンオフが可能な優れものだ。

ただ、配線を複雑化するには色々と準備がいるらしく、アイジャは他の店に電気が通るのはまだまだ先になりそうだとボヤいていた。

まずは、このエルダニア全体を、電灯の明かりで覆い尽くすのが目標だろう。

「そういえばアランさんの工房、引っ越すんですって？　大きくなるみたいじゃないですか。おめでとうございます」

「しははは。おかげさまでね。やっと大街道に店を出せますよ。工房も大きくなりますしね、一人弟子を雇うつもりなんです」

照れくさそうに角をいじるアランに、恭一郎がへぇと相づちを打つ。言われてみれば、今までの仕事量を一人でこなしてきたのが異常なのだ。ここいらで人手を増やすのは当然のことだろう。

「弟子って、すごいじゃないですか。アラン師匠って呼ばないとだめですね」

「いやいや、そんな。照れてしまいますよ。ほんと恭一郎さんには感謝するばかりです。……僕が、この店にクッキーを食べに来た日のことを覚えていますか？」

店内をちらりと見渡すアランに、恭一郎は勿論《もちろん》と頷いた。あの日、初めて店に来たアランにメイド服の商談を持ちかけられたのだ。

「覚えてますよ。今だから言いますけど、胡散臭《うさん》い奴が来たなぁって思ってました」

「しはは。そりゃあ、そうでしょう。今だから言いますが、貴方《あなた》を利用する気まんまんでした」

アランの笑い声に、やっぱりと呆れて恭一郎は肩を竦《すく》めた。

アランとは、もう二年近く利用し利用されの関係を続けている。何だかんだでいいコンビだ。

ぐびりとグラスの中身を飲み干して、アランはくるりと振り返った。

「見てください、今のこの店を。毎日見ているから、分かりづらいかもしれませんがね。……随分と、いい店になったものですよ」

酒瓶を掲げるアイジャに、野郎どもが次々と挑んでは撃沈している。その横でメオが呆れ顔で皿を片づけていて、リュカは食べ終えた客の会計を魔法書片手に行っていた。その後ろでは、苦い顔で黒いピッツアを食べながら、タイザと乾物屋がヒョウカの頭を撫《な》でている。

そしてその店内を、目映《まばゆ》い光が照らしていた。

「メニューも増えました。しかも、どれも美味《うま》いときたもんです」

アランが、カウンターの上の唐揚げとガガイモフライをちょいと摘む。

思えば、これが流行《はや》ったおかげで電灯の交渉がスムーズにいったのだ。恭一郎は、色々と不思議な縁を感じずにはいられない。

「まったく、この店をどうするつもりですか」

角を愉快そうに掻くアランに、そうですねぇと恭一郎は優しく微笑んだ。瞳は、穏やかに店内の喧噪《けんそう》を見つめている。

「どうするつもりも、ありませんよ。みんなが笑って、帰ってこれる場所がある。俺はそれを守りたいだけです」

そう。自分の願いはそれだけなのだ。

異世界からの旅人に、ネコ耳の店長。ドラゴンの恋人に、捨てられた土地神。……そして、戦場を駆け抜けた英雄。

そんな、少しだけ変わっている者たちが集う、大衆食堂。

そこを、自分は守りたいだけだ。

恭一郎は、「さてと」とまくっていた袖《そで》を下ろした。このあたりで、今日はオーダーストップの時間である。残りの時間は、アイジャの晩酌に付き合う約束だ。

「キョーイチロー‼　終わったんなら早く来るさねー‼　早く早くー‼」

片づけを始めた恭一郎に気づいたアイジャが、ぴょんぴょんとテーブルの上で飛び跳ねる。

もうめちゃくちゃだなと、恭一郎は呆れを通り越してくすりと笑った。

願わくは、この光がもっと綺麗に。もっと明るく包み込むように。

「はいはい。今行きますよー‼」

ねこのしっぽ亭。今日も元気に、営業中。

【番外編】　かつての彼ら

轟音《ごうおん》が鳴り響いた。

地面を揺らす、無数の足音。

数十人の固まりが、まるで巨大な一塊《ひとかたまり》の生き物のように大地を駆ける。

「オラァッ!!　どけやオラァッ!!」

猛獣の叫び声。咆哮《ほうこう》を響かせながら、先頭を一人の獅子が猛進していた。

「ひっ、つよ……ギッ!?」

叫ぶ暇もないままに、敵兵の首が弾け飛ぶ。二つの長爪を血で濡らしながら、獅子——エヴァンスは辺りの気配を髭《ひげ》で探った。

手薄ではあるが、確かに感じる殺気。左右からの挟撃を狙った敵の配置を察知し、エヴァンスは即座に背後の味方に指示を送る。

「任せな。このまま直進さね」

左右の敵が引いた弓を放った瞬間、エヴァンスの背後から気怠《けだる》そうな女の声が聞こえた。その直後、こちらに迫っていたはずの幾本もの矢が、炭になって空中で崩壊する。

黒いとんがり帽子を被った女がにやりと笑い、両手の指を左右に向かってぱちりと鳴らした。途《と》端《たん》、身を隠していた敵兵が赤い炎に包まれる。燃えさかる炎の壁を横目に、一同は歩みを止めることなく真っ直ぐに駆け抜けていく。

「作戦地点までそろそろだ。嬢ちゃんの用意は？」

「あの子のことだ。完璧だろうよ」

砦へと続く蛇行する山道。エヴァンスは背後を少し気にして、気を引き締めると同時に、両爪の血を地面に振るった。

『グルォオオオオオオオオオオオオオッッ‼』

血が地面を汚すや否や、砦を震わす雄叫びが聞こえてくる。こちらのような群体ではない。一個の生命が発する、桁《けた》違いのエネルギー。

「オラァッ！　やっこさん気づいたようだぜッ！」

「来るよっ、龍種だっ。気合い入れなっ！」

砦から飛び出したのは、二つの巨大な影。見上げれば、空を覆い隠すほどの巨龍が二匹、一同の行く手を阻んでいた。

《オスーディアの獣どもよッ！　我が名はドラグ・ミーツリュードッ！　誇り高き飛龍が一族にして、赤き瞳を受け継ぐものなりッ！》

《同じくドラグ・ヒデリュードッ！　古《いにしえ》の義によって、アキタリアに助太刀させていただこうっ！》

龍の咆哮《ほうこう》。恐ろしいほどの威圧を受け、エヴァンスは臨戦態勢を取り鬣《たてがみ》を逆立たせた。

二匹の龍の口が光り輝き、凄まじい閃光が迸《ほとばし》る。

炎ではない、魔力を凝縮した龍の息吹が、黒い帽子の女の放った炎の渦を一瞬でかき消していった。

「ちぃッ！」

「後は任せろっ！　おおおおおおぉぉッ!!」

帽子の女が奥歯を噛《か》みしめるが、その背後から裂帛《れっぱく》の気合いが立ち上る。横から自分を追い抜いていく巨大な背中に、女はほっとして帽子を押さえた。

男が地面に手を突いた瞬間、地面が音を立てて盛り上がる。瞬く間に出現した岩の壁に、ドラゴンの一撃はせき止められた。

「助かったぜ隊長っ！　嬢ちゃんはっ!?」

「間もなくだっ！　ロゼッタとキッスが一緒だ、心配ないっ！」

そのまま、盛り上がった地面が岩の槍となって上空の二龍に襲いかかる。

悠然と回避しようと龍たちが石槍に注意を向けた一瞬、その懐を凄まじい速度の物体が通り、上空へと駆け上った。

《なっ!?　ハーピィだとっ!?》

龍は、驚愕《きょうがく》の瞳をその物体に向ける。人の腕に、背中から生えた鳥の翼。天空の覇者が見間違うはずもない。大陸全土でも珍しい、飛行種族ハーピィである。しかし、彼らの飛行速度は龍の自分が反応できないほどであるわけがなく、しかもそのハーピィは二人の人物を連れていた。

《ぬうっ⁉》

その二人のうちの一人が、いつの間にかハーピィの脚から離れ、龍たちの鼻先に落下していた。青い髪のエルフ。尖《とが》った耳の青年が、両手に握った長剣を空中で固く握りしめる。

「御免っ」

上昇するドラゴンと、落下する青年の、僅かな接触。時間にすれば一秒にも満たない時の中で、ドラゴンの腕と翼が一つずつ切り裂かれる。

《があッ‼　エルフの分際でッ‼　我らの翼をッ‼》

気高き血を流され怒りに満ちた、龍の赤い眼光が青年を貫いた。

しかし、翼を切り裂かれてなお威勢を保つ空の王者に、エルフの青年は呆れたように息を吐いた。そして、青年は忠告を呟きながら落ちていく。

「……僕に怒る前に、気をつけたほうがいい。この世で最強のエルフが、上にいる」

その呟きが二龍に届く前に、上空を稲光が包み込んだ。轟《とどろ》く雷鳴に、何事だと二龍が上空を見上げる。

そこにいたのは一人の少女。黒いローブ姿の、見るも幼い女の子であった。

彼女を抱えているのは先ほどのハーピィだ。風の魔法を推進力に変え、通常ではあり得ない揚力で空を舞っている。

風魔法の極致の一つに達している彼女の姿は、けれど二龍の目には既に映っていなかった。

彼女の飛行を気にする余裕もないほどの、魔力の奔流《ほんりゅう》。二龍はようやく少女の姿をその瞳で捉え、何故これほどの接近を許すまで気がつかなかったのかと、驚愕《きょうがく》した。

理由は簡単。凄まじすぎたからだ。あまりに凝縮された少女の魔力は、一見するとちっぽけな光の塊に思えた。

《……莫迦《ばか》な……》

これこそあり得ないと、龍は口を思わず開く。しかし、その呟きが最後までこぼれる前に、少女の手中の光の塊が鼓動した。

心臓のように、一拍。その直後、辺りを光が包み込んだ。

《ぐっ、おおおおおおおッッ!?》

光が、次々に注ぎ込む。まるで光しか存在しないかのような世界のなかで、二龍は己の最期を悟った。

「退けっ！　巻き込まれるなっ！　塵《ちり》も残らんぞっ！」

隊長と呼ばれた者の叫びが、戦場に微《かす》かに響く。雷鳴が支配する大地を、一同は一目散に離脱していった。

しかし、なおも光の滝は止まることを知らない。流れ落ちるその一本一本の瞬きが、すべて雷。稲妻が合わさり、光の帯となり、その帯が視界の一杯に次々と落ちていく。

砦の外壁が剥《は》がれ、砕け散った岩が光の帯に触れて消失した。

悲鳴すら聞こえない光の世界で、龍の鱗《うろこ》をも易々と貫く光の一撃が、無数の雨となって砦の上空から降り注ぐ。

まるで、神話のような光景。

薄れゆく意識の中でミーツリュードは、これは戦なのだろうかと、何者に向けたかも分からない問いを発した。

反撃も、悲鳴も、怒りすらも、一切を許してくれぬ。圧倒的な力に呑み込まれていく己の存在に、ミーツリュードは笑みを浮かべた。

最期に一抹《いちまつ》の誇りを置きみやげにして、ミーツリュードの肉体は塵《ちり》も残らず消滅した。

◆　◆

騒々しい笑い声が部屋中に響いている。

「がははは っ！　今回の作戦も上出来だったなっ！」

「楽勝、とはいかなかったけどね。死傷者も出ているし」

酒と香ばしく焼けた肉の匂い。戦士達はしばし、勝利の余韻に浸っていた。獅子の顔で豪快に笑いながら、エヴァンスは青髪のエルフの肩に手を載せる。

「まぁ、嬢ちゃんにかすり傷一つなかったんだ。よしとしようや」

そう言いながら、エヴァンスは愉快そうに口ひげを摘んだ。言われ、エルフの青年もそれもそうですねと息を吐く。

屈強な男達が酒盛りをするなか、その宴の中央には一人の少女の姿があった。

「今日もあたし、めちゃくちゃ頑張ったっ！」

黒いローブ。美しい黒髪。幼いながらも、整えられた美貌。

にかりと歯を見せて笑いながら、少女は仲間に向かって拳を突き上げた。

「おうっ！　さすがだったぜっ！」

エヴァンスが少女に向かってグラスを突き出す。少女も、笑いながら右手のグラスを持ち上げた。

「今日はいい日だ。嬢ちゃんも飲め飲めっ」

そしてエヴァンスは、酒瓶の口を少女のグラスへ持って行く。ごぽごぽと注がれる果実酒に、少女の胸が期待で膨らんだ。

「えっ、お酒のんでもいいのっ!?」

「おうよっ！　今夜は口うるさいロゼッタが会議でいないからよ。内緒だぜっ！」

酒の入ったグラスを両手で掴《つか》み、少女はパァっと笑顔を輝かせた。前々から飲んでみたいと思っていたが、一向に飲ませてもらえなかったからだ。

「お、お酒……」

少女が恐る恐るグラスを引き寄せるが、なかなか口を付けられない。そうしていると、背後から妖艶《ようえん》な甘ったるい声が聞こえてきた。

「ふふ、面白そうなことしてるじゃないかい」

「あっ！　サーシャ！」

声の主に、少女が勢いよく振り返る。

にこにことしている少女の手元を見て、褐色《かっしょく》のサキュバスの唇が楽しそうに笑った。

ローブ姿に、黒いとんがり帽子。サーシャと呼ばれた魔法使いは、少女の手のグラスの中身をのぞき込む。

「なんだい、アイジャ。お酒ついでもらったのかい。ばれたらロゼッタに怒られるぞぅ」

ハーピィの彼女が怒る真似をして、サーシャはアイジャをからかった。

「大丈夫っ！　言わなきゃばれないっ！　だからサーシャも言っちゃだめだよ！」

アイジャと呼ばれた少女は、そう言って得意げに胸を張った。歳からは考えられない大きさの胸が突き出され、それを見たエヴァンスが神妙な顔で顎《あご》に手をやる。

「ふぅむ。やっぱり凄まじいな。なぁ、キッス？」

「ちょっ、何でそこで僕に振るんですかっ？　あんまり女の子のそういうところを茶化すのは……」

口ひげで指されたアイジャの胸を見て、キッスと呼ばれた青髪のエルフの顔が赤く染まった。

きょとんとした表情でアイジャに見つめられ、キッスは思わず視線を逸らす。

「おやおやぁ。エヴァンスは別に、胸の話だとは一言も言ってないんだけどねぇ。大丈夫かい？　アイジャ、まだ十二歳だよ？」

にたにたと笑うサーシャとエヴァンスに、やられたとキッスが頭を押さえた。年の離れた妹くらいに幼いアイジャだが、その身体は黒いローブの上からでも分かるほどに発達している。思わず目が行くくらいは、男として仕方がない。

首を傾げている同族の少女に対し、キッスは参ったなと溜め息を吐いた。

「くふふ、アイジャ気をつけておきなよ。キッスに変なことされるかもしれんぞぉ」

「変なこと？」

「ちょっ!!　マジで怒りますよっ!!」

アイジャへ嬉しそうに耳打ちするサーシャに、キッスが慌てて声を上げた。けたけたと笑いながら、サーシャはアイジャの黒髪をくしゃくしゃと撫《な》でる。

騒がしくなる仲間達に囲まれ、アイジャは柔和な笑みを浮かべた。三人の顔を眺め、ぐっと手に力を込める。

「あたしね！　サーシャみたいな大人のお姉さんになるのっ！」

アイジャにっこりと宣言され、サーシャは驚いて目を見開いた。そして、笑みを浮かべる。

「へぇ。そいつは嬉しいねぇ。なんだい、あたしみたいになりたいのかい」

「うんっ。お酒も似合う大人の女だよっ」

ふんすと鼻を広げて、アイジャは手に持ったグラスをサーシャに見せつける。そして、中に注がれている果実酒に口を付け、アイジャはぐびりと飲み込んだ。

キッスがあっと口を開け、サーシャとエヴァンスが愉快そうにアイジャの顔をのぞき込む。

一口飲んで固まったアイジャに、二人は興味深げに話しかけた。

「どうだいアイジャ？　初めての酒は」

サーシャの問いかけに、アイジャは俯《うつむ》いたまま答えない。固まっていた身体が、ふるふると震え始め、アイジャが涙目で顔を上げた。

「にがいぃ……」

口を歪《ゆが》めて涙を浮かべるアイジャを見て、周りにいた者が思わず噴き出す。その笑い声を聞きながら、アイジャは怒ったようにグラスを強くテーブルに置いた。

「何これっ！　苦いし渋いし、ぜんぜん美味しくないっ！」

初めてのアルコールの刺激に文句を言いながら、アイジャがぶんぶんと腕を振る。その動きが可愛らしくもおかしくて、エヴァンスは我慢できずに大声で笑い出した。

「がははッ！　こりゃあ、大人のお姉さんにはまだまだだなッ！」

腹を抱えて笑うエヴァンスに、アイジャがぷくぅと頬を膨らます。それでもエヴァンスは笑いながらがしがしとアイジャの黒髪を撫《な》で上げた。

「おっぱいがでかくてもダメなもんだなッ！　ほれ、ジュースだ嬢ちゃん」

「むぅ。あたし、お酒なんて一生飲まない」

膨れっ面のアイジャを、一同は微笑ましく眺めた。それでもアイジャは納得いかないようで、唇を尖《とが》らせながらジュースのグラスを手に取る。

「うぅ。大人のお姉さん……って、そうだっ!!」

しょんぼりと肩を落とすアイジャだったが、数秒後、何か思いついたのか、顔を上げた。突然笑顔になったアイジャに、一同がどうしたんだろうと視線を向ける。

「あたし、今日からサーシャの真似するっ！」

がたりと立ち上がったアイジャを見て、言われたサーシャも眉を寄せた。どういうことだろうと、キラキラした瞳を向けるアイジャに首を傾げる。

にかりとサーシャに笑った後、アイジャは胸を張ってキッスの方に向き直った。差し出された胸にキッスの頬が染まるが、お構いなしにアイジャは口を開く。

「ふふふ、キッス。今日も辛気くさい顔してるねぇ！」

「えっ⁉」

突然に悪口を言われ、キッスの目が見開かれた。驚くキッスは無視して、アイジャは続けざまにエヴァンスに口を向ける。

「エヴァンスは、えーと。ひげが辛気くさいねぇ！」

得意げに悪口を言うアイジャに、エヴァンスは自分のひげに触り、こいつぁ参ったなと豪快に笑う。

「がははっ！　サーシャそっくりだなっ！」

「えぇ、あたしこんなかい？　まぁ、妹ができたみたいで可愛いけどさ」

アイジャの肩に手を回しながら、サーシャがアイジャの頬に顔を寄せた。小さな自分の分身を、サーシャは愉《たの》しそうに眺めていく。

「ふふ、いい女になりなよ。あたしよりもさ」

「任せてっ！　って、じゃなかった。……任せときなっ！」

歯を見せて笑うアイジャに、サーシャはくすりと微笑んだ。そっとアイジャの前髪を指で整えてやると、優しい瞳で唇を動かす。

「こんな小さな子が、あたしよりも強い魔法使いってんだからねぇ」

「サーシャ？」

頬を伝うサーシャの指を、アイジャは目で追った。その先にあるサーシャの顔に、アイジャはきょとんと首を傾げる。

「アイジャ、強い女になりな。いい女ってのは、誰にも負けないもんなのさ」

そう言って、サーシャは真っ直ぐにアイジャを見つめる。その深い瞳に、アイジャは黙って魅入っていた。

「……うんっ、なるよ。あたし、サーシャみたいに強い女の人になる」

頷いたアイジャに、サーシャはくしゃりと笑みを浮かべた。その表情が今まで見たことのない彼女だったものだから、アイジャは驚いて目を見開く。

サーシャは自分の頭に手を伸ばした。掴《つか》んだのは、彼女のトレードマークの黒いとんがり帽子。

その帽子を、サーシャはそっとアイジャの頭に被せた。少し大きいそれを眺めて、サーシャは柔和な笑みを浮かべる。

「お前さんにやるよ」

「えっ？　でもこの帽子、サーシャの大事な……」

アイジャが慌てて帽子に触った。彼女が帽子を大切にしていることは、隊のみんなが知っていることだ。アイジャ自身、彼女が帽子を外しているところを見たことがない。

心配そうに見つめてくるアイジャに、サーシャは大丈夫だと目を細めた。

「いいんだ。可愛いあたしの妹分に、お姉さんからプレゼントさね。大切にしておくれよ？」

微笑むサーシャを見て、みるみるうちにアイジャの顔が輝いていく。満開に咲いた笑顔で、アイジャは帽子を握りしめた。

「うんっ！　大事にするっ！　ありがとうサーシャ！」

大きな声で礼を言うと、アイジャはキッスとエヴァンスの方を振り返った。帽子を整え、嬉しそうに声を上げる。

「どうっ⁉　似合ってるっ⁉」

立ち上がってポーズを付けるアイジャに、二人がうんうんと頷いた。

「似合ってるじゃねーか。ちと大きいがな」

「いいのっ！　これから大きくなるんだからっ！」

はしゃぐアイジャを見ながら、三人はそれぞれ何かを決意して力を入れる。

エヴァンスは組む腕に、キッスは右拳に、サーシャは結んだ唇に、それぞれアイジャに気づかれないように力を込めた。

そんな四人を、部屋の入り口から三つの影が眺めていた。

そのうちの一人、壁を背にしたロゼッタは、はしゃぐアイジャたちを呆れながら見つめる。しかし、アイジャの嬉しそうな笑顔に免じて、飲酒のお咎《とが》めはなしにしてやるかと羽を畳んだ。

「……あれが、アイジャ・クルーエルですか」

ロゼッタの横から、信じられないと一人の青年が呟いた。ロゼッタが目を向けると、青年は複雑そうな眼差しをアイジャに注いでいる。

「まだ子供。……しかも、あんなに可愛い女の子が」

青年の手には、今回の作戦における成果と被害の資料が握られている。百戦錬磨の強者である彼は、新入りながら重要な役職としてこの隊に引き抜かれた。

聞かされていた任務は、兵器の運用。オスーディアが誇る、特記対象。

少女が上げた『戦績』に、青年は思わず身を震わせる。

アキタリア主要要塞【第六陸上要塞】の壊滅及び、アキタリア側特記対象【ドラグ・ミーツリュード】【ドラグ・ヒデリュード】の撃破。

戦に身を置かない子供でも分かることだ。これは、一人で成し遂げられるようなものではない。

そして、その下に記されている小さな文字に、青年は顔をしかめた。

死傷者。不明と記されているのはアキタリア側だけ。その隣に書かれた国の数字の中には、彼女が増やしたものもあるだろう。

「彼女は、知っているのですか？」

輝く笑顔の少女に、新入りは瞳を向ける。眉を寄せている彼の肩を、不意に男が叩いた。

肩に目をやれば、そこには自身の配属された隊の長が立っている。金属のような光沢のある皮膚。メタルゴーレム族の巨大な男は、しかし肌に似合わない柔和な笑みを少女に向けていた。

難しい表情の新入りに、隊長が口を開く。

「知っているさ。あの子は、頭のいい子だ。……おそらく、ここにいる大人の誰よりも、自分のしていることを理解している」

隊長の呟きを、ロゼッタは苦々しく聞いていた。不条理への不満を形にしたような彼女の顔を見て、新入りが書類を固く握りつぶす。

「我々も同じだ。あの子はね、何千人……いや何万人分ものそういうことを、一人で引き受けている。自分にしかできないと、分かっているからだ」

その呟きを最後に、隊長の重い手のひらが新入りの肩から離れる。次の瞬間には、すっかり表情を変えた隊長とロゼッタが、少女に向かって歩き出していた。

「こらぁ、エヴァンス！　あんたアイジャにお酒飲ませたでしょ!?　ヒゲ引っこ抜くわよヒゲぇ！」

「まぁまぁ、落ち着けロゼッタ。ヒゲはかわいそうだ。隊舎の便所掃除で勘弁してやろうじゃないか」

普段通り。騒がしくなる光景に、新入りは出かかった何かを呑み込んだ。

特記対象【アイジャ・クルーエル】

人として扱われない、一人の少女。周りの大人は、目の前の小さな笑顔を目に焼き付けた。

「……どんな大人に、なるんだろうな」

ぽつりと、エヴァンスが喧噪《けんそう》に紛れて口を動かす。溶けていった呟きに、エヴァンスはどこか遠い景色を思い浮かべた。

その願いがどれほど儚《はかな》いものであるかを、大人である自分たちは知っている。いや、彼女自身も、うっすらと気づいているのだろう。

「決まってます」

消えていった呟きに、キッスが口を開く。彼にしては力強い声色に驚き、エヴァンスがちらりと横に視線を向けた。

「いい女に、なってくれますよ」

振り向いたキッスの顔を見て、エヴァンスは参ったと口ひげを指で伸ばす。

「ちげぇねぇ」

宴の喧噪《けんそう》は、少女の笑顔をどこまでも優しく包み込んでいた。

月が導く異世界道中
Tsukiga Michibiku Isekai Dochu
あずみ圭
Azumi Kei
1~8
薄幸系男子の
成り上がりファンタジー
開幕!
累計
26万部
突破!
アルファポリス
「第5回ファンタジー小説大賞」
読者賞受賞作!!
平凡な高校生だった深澄《みすみ》真《まこと》は、両親の都合により問答無用で異世界へと召喚された。しかもその世界の女神に「顔が不細工」と罵られ、最果ての荒野に飛ばされてしまう。人の温もりを求め荒野を彷徨う真だが、出会うのはなぜか人外ばかり。ようやく仲間にした美女達も、元竜と元蜘蛛という変態&おバカスペック……とことん不運、されどチートな真の異世界珍道中が始まった——
各定価:本体1200円+税　illustration:マツモトミツアキ
月が導く異世界道中
あずみ圭
薄幸系男子の成り上がりファンタジー、開幕!
なんでだろう 親の都合で異世界へ
第5回アルファポリスファンタジー小説大賞 読者賞受賞作!
待望の書籍化!
1~8巻好評発売中!

天那光汰（あまなこうた）
蜜柑の国で生まれる。2014 年からウェブ上にて「異世界コンシェルジュ ～ねこのしっぽ亭営業日誌～」の連載を開始。瞬く間に人気を得て同年、同作にて出版デビュー。

イラスト：柊やしろ
http://oyashiromoon.blog.fc2.com/

本書は、「小説家になろう」（http://syosetu.com/）に掲載されていたものを、改稿のうえ書籍化したものです。

異世界《いせかい》コンシェルジュ ～ねこのしっぽ亭営業日誌《ていえいぎょうにっし》～ 4

天那光汰

2015年 11月 30日初版発行

編集－篠木歩・太田鉄平
編集長－塙綾子
発行者－梶本雄介
発行所－株式会社アルファポリス
〒150-6005 東京都渋谷区恵比寿4-20-3 恵比寿ｶﾞｰﾃﾞﾝﾌﾟﾚｲｽﾀﾜｰ5F
TEL 03-6277-1601（営業） 03-6277-1602（編集）
URL http://www.alphapolis.co.jp/
発売元－株式会社星雲社
〒112-0012東京都文京区大塚3-21-10
TEL 03-3947-1021
装丁・本文イラスト－柊やしろ
装丁デザイン－下元亮司
印刷－図書印刷株式会社

価格はカバーに表示されてあります。
落丁乱丁の場合はアルファポリスまでご連絡ください。
送料は小社負担でお取り替えします。

ISBN978-4-434-21337-3 C0093